O LIVRO MALDITO

CHRISTOPHER LEE BARISH
ILUSTRADO POR CHRISTIAN KUNZE

O LIVRO MALDITO

TUDO O QUE VOCÊ PRECISA SABER SE NÃO FOR UM MANÉ

Tradução
Gabriel Zide Neto

BestSeller

CIP-BRASIL. CATALOGAÇÃO-NA-FONTE
SINDICATO NACIONAL DOS EDITORES DE LIVROS, RJ.

Barish, Christopher Lee
B2341 O livro maldito: tudo o que você precisa saber se não for um mané / Christopher Lee Barish; ilustrações: Christian Kunze; tradução: Gabriel Zide Neto. – Rio de Janeiro: Best*Seller*, 2011.
il.

Tradução de: The Book of Bad
ISBN 978-85-7684-541-6

1. Crime e criminosos. 2. Contrabando. 3. Roubo. I. Título.

11-1727. CDD: 364
CDU: 343.9

Texto revisado segundo o novo Acordo Ortográfico da Língua Portuguesa.

Publicado mediante acordo com Kensington Publishing Corp.

Título original norte-americano
THE BOOK OF BAD

Layout e ilustração de capa: Igor Campos
Editoração eletrônica: Abreu's System

Impresso no Brasil

ISBN 978-85-7684-541-6

Este livro traz informações sobre atividades e substâncias ilícitas. A editora gostaria de realçar que a prática de certos atos aqui descritos pode sujeitar o autor a severas sanções, restringir seus direitos e liberdades individuais ou causar sérios danos à sua saúde ou vida pessoal. O objetivo é divertir e educar. A editora não faz apologia, de forma alguma, da desobediência às leis, e não deseja incentivar os leitores a praticar quaisquer das atividades ou técnicas descritas neste livro. Em outras palavras: *não tentem fazer isso em casa!*

SUMÁRIO

AGRADECIMENTOS

Muito obrigado à minha família e aos meus amigos por terem ficado longe de mim e, em alguns casos, fingido que morri. Expresso minha mais profunda gratidão aos vigaristas, criminosos e policiais, por compartilharem comigo seu conhecimento sagrado do mundo da anarquia. Obrigado a Andrea Somberg e Mike Shohl por vislumbrarem o futuro do *Livro maldito* assim que o viram. A Richard Ember, por sua edição magistral. A Nona Sue, por ter dado o tom da narrativa. A Ken Friedman, por ser um gênio com computadores. A Suzanne Foley, pela pesquisa minuciosa e pela fluência do texto. E a Christian Kunze, por ter emprestado seu talento controverso a este projeto.

APRESENTAÇÃO

Qualquer um que tiver algo para reclamar deste livro pode culpar minha meia-irmã. Nós tínhamos acabado de chegar ao aeroporto internacional de Dulles, em Washington, vindos da Itália. Na esteira de bagagem, ela percebeu a presença de agentes da DEA (divisão antidrogas) com cães farejadores. Ajoelhou-se, bateu nas pernas, e os cachorros vieram ansiosos até onde estávamos. Ela não sabia, mas eu tinha algumas pedras de haxixe escondidos nas meias, que havia comprado em Milão. Fiquei apavorado com a ideia de os cachorros fazerem a maior festa com minhas meias, por isso me virei e fui embora, convicto de que os cães e a DEA estavam atrás de mim. Mas não estavam, e essa foi a minha sorte. Eu não me considerava um criminoso de verdade, mas decidi que, se algum dia eu voltasse a fazer alguma coisa "do mal", eu teria de ser mais esperto na hora de planejar.

O objetivo desta compilação não é fazer de você um picareta nem um criminoso. Ou você tem essas "qualidades" ou não tem. A maioria das informações contidas neste livro é totalmente legal, mas alguns dos temas não são. Isso, no entanto, não significa que haja qualquer coisa de ilegal em aprender como fazê-las. Os bandidos, os criminosos e a polícia sabem muito bem tudo o que está aqui, então por que você não deveria saber? Se você preferir não aprender nada disso, sob o manto de estar moralmente acima dessas coisas, então é problema seu.

Em todos os capítulos, dei as razões e algumas hipóteses sobre quando e por que este manual pode ser útil. Talvez você já tenha sido parado por estar a 130 Km/h perto de uma escola, mas isso só aconteceu porque você estava ocupado demais escrevendo uma mensagem de texto para perceber o quanto estava rápido. Seja lá qual for o motivo, aqui você vai encontrar maneiras inteligentes de se livrar dessa multa. Digamos que você esteja na faculdade, mas que, por causa do alto preço da maconha, não tenha mais dinheiro para comprar os livros que precisa ler. Aqui, você vai encontrar uma descrição detalhada de como ter sua própria plantação. Talvez você esteja muito estressado e precise de mais uma esposa para descarregar sua raiva. Aqui você vai encontrar o caminho para cometer bigamia tranquilamente.

Por isso, faça esta viagem e aprenda a ter um nome novo ou até mesmo a fugir da prisão. É uma viagem repleta de desespero, trapaças e, no fim de tudo, redenção.

SEÇÃO PARA PICARETAS

1. Como passar em um detector de mentiras

Independentemente de alguém pedir para você testar um detector de mentiras ou de você precisar limpar o próprio nome, passar por um polígrafo é uma coisa fácil — mesmo que você seja um verdadeiro inútil de merda. Como ousam duvidar de sua integridade? Os impostos que você paga ajudaram a comprar esse brinquedinho. Portanto, você tem todo o direito de se divertir com o detector de mentiras e de pôr em dúvida a veracidade *dele*.

Tenha em mente que o teste do polígrafo está mais para magia negra do que para uma ciência comprovável, porque depende de truques, de respostas psicológicas e da interpretação de um operador — ele praticamente pede para ser manipulado pela sua mente tratante.

Polígrafos foram projetados para medir a ansiedade; portanto lembre-se de que nenhuma tentativa de fraude vai ser eficaz se você estiver com medo ou se se sentir atormentado pelo remorso. Este capítulo traz conselhos para derrotar um detector de mentiras, mas isso só terá alguma utilidade se você estiver imbuído da devida sensação de impunidade.

Entendendo a máquina e o formato do teste

O polígrafo é composto de múltiplos (polis) sensores que monitoram sua respiração, sua pressão sanguínea, seu suor e seus batimentos cardíacos. O interrogatório envolve uma série de perguntas relevantes e perguntas de controle. Essas últimas têm o objetivo de pegar uma mentirinha qualquer. Um exemplo de uma pergunta de controle é: "Você já teve de mentir para se livrar de um problema?" É claro que você não pretende responder "sim" enquanto está tentando passar por um detector de mentiras, mas o operador sabe muito bem que nenhum ser humano pode responder honestamente "não" a uma pergunta como essa. As perguntas relevantes são aquelas que se referem diretamente ao crime do qual você está sendo acusado.

O detector de mentiras compara suas respostas fisiológicas (batimentos cardíacos, respiração, pressão, suor, movimentos do corpo) com as perguntas de controle e as perguntas relevantes. Eles buscam desvios da situação "normal", que é aferida nas perguntas preliminares, sobre sua vida. Se você demonstra mais ansiedade — um desvio mais amplo do que o normal — ao responder às perguntas de controle, você passou no teste; se a ansiedade for maior nas perguntas relevantes, você foi reprovado. Se os desvios forem mais ou menos os mesmos, diz-se que o resultado é "inconclusivo". Em outras palavras, você quer que seu nível de ansiedade seja mais alto na hora de responder às perguntas de controle.

As técnicas de manipulação de um polígrafo nunca são infalíveis. Se você estiver nervoso ou concentrado demais em se ater a uma determinada estratégia, o operador vai perceber seu plano de querer "ganhar da máquina". O detector não representa uma batalha entre um homem e uma máquina; na verdade, ele testa o quanto um homem é capaz de controlar os próprios sentidos. O melhor conselho que eu posso dar é: *relaxe.* Independentemente de falar a verdade ou não, você precisa acreditar em sua história e conhecer bem seu corpo. O teste pode durar de uma a três horas, e você receberá um verdadeiro bombardeio de perguntas. Se você não estiver mentindo, vai ser moleza — e, se estiver, trate de ficar calmo.

Para passar no teste

1. Se puder, se recuse a passar pelo detector de mentiras, mas se for absolutamente necessário...
2. Antes de entrar no local do teste, lembre-se de que não existe qualquer certeza científica nesse procedimento. A máquina só será eficaz se você acreditar que ela é infalível. Por isso, entenda que você está submetido a apenas uma máquina, e não a um feiticeiro, e responda às perguntas com calma e confiança.
3. Relaxe e tenha cuidado com as pegadinhas do entrevistador. Se parecer uma pessoal fácil de ser intimidada, eles tentarão arrancar uma confissão e se aproveitar de você. Lembre-se de que o operador não sabe nada além de o que você revelou para ele na pré-entrevista e no interrogatório principal. Se sua história tiver consistência e credibilidade, você estará em vantagem.
4. Identifique se as perguntas são *de controle* ou *relevantes* no processo de interrogatório e aumente

sua pressão sanguínea e batimentos cardíacos ao responder às perguntas de controle. Aqui vão alguns exemplos de como sabotar as perguntas de controle (use apenas uma técnica de cada vez):

Sabotando as perguntas de controle

- *Desenvolva uma estratégia de respiração.* No decorrer do teste (exceto nas perguntas de controle), mantenha constante o ritmo da respiração (por exemplo, de 15 a 30 respirações por minuto). Não respire fundo demais. Quando lhe fizerem uma pergunta de controle, quebre o ritmo normal de sua respiração, inalando mais rápido ou mais devagar, e procure respirar mais superficialmente. Faça isso por de cinco a 15 segundos e então volte ao padrão normal de respiração antes de fazerem a pergunta seguinte.
- *Estimule suas emoções.* Pense em alguma coisa medonha, emocionante, erótica ou enlouquecedora. É comum tentar acobertar as emoções, mas isso exige muito esforço. É melhor relaxar e dar toda a vazão possível para suas emoções durante a entrevista, intensificando-as ainda mais nas perguntas de controle.
- *Morda a língua* ou o lado interno das bochechas. Você quer sentir um pouco de dor, não tirar sangue ou atrair a atenção do operador. Use essa estratégia durante uma pergunta de "sim" ou "não". Este método não condiz com uma resposta mais longa, porque talvez você não te-

nha tempo suficiente para tal. Se você estiver pensando em utilizá-lo, terá de treinar em casa para aperfeiçoar a estratégia.

- *Ponha uma pedrinha no dedo do pé* e aperte-a nas perguntas de controle. (Este é um método bem antigo, que não vai funcionar se pedirem para você tirar os sapatos.)
- Se não estiver numa cadeira sensível à pressão, então deve *contrair seu esfíncter* na hora em que uma pergunta de controle for feita. Não exagere ao usar essa técnica porque, se você se contorcer demais, o sensor vai disparar no gráfico. Pratique em casa primeiro. A meta é contrair o esfíncter e manter as nádegas no mesmo lugar. Se você contrair os músculos do glúteo, seu corpo vai mudar de lugar.

5. As perguntas podem ser de vários tipos, como exercícios de associação de palavras ou testes de imagem. Durante um exercício de associação de palavras, responda com a primeira palavra que vier à cabeça. Se hesitar ou tentar achar uma palavra menos incriminadora, você acabará se colocando em desvantagem. O operador do detector de mentiras procura tirar qualquer elemento de surpresa do teste; por isso, se ele tiver a intenção de fazer um teste de imagens, provavelmente avisará. Prepare-se. Pense em alguma coisa relaxante antes que o teste de imagem comece e fique calmo quando vir as imagens de verdade.
6. Use com moderação todas as técnicas para responder às perguntas de controle. Mesmo que a máquina não consiga detectar todas as suas táti-

Figura 1. Em vez de tentar dissimular as emoções, sabote as perguntas "de controle" pensando em algo medonho, emocionante, erótico ou enlouquecedor.

cas, o operador está lá para analisar qualquer sinal de subterfúgio.

7. Pratique os métodos em casa para ficar bem treinado antes de ter de encarar a máquina.
8. Seja consistente! As mesmas perguntas serão feitas várias vezes, de formas diferentes. Acredite

em suas mentiras e responda com a mais absoluta confiança.

Cuidado para não cair naquela armadilha que eles preparam para depois da entrevista. O operador geralmente tentará arrancar uma confissão sua, insinuando que você não passou no teste, dizendo que você pode confiar nele ou lembrando que a pena será menor se você simplesmente confessar. Não caia nessa.

2. Como conseguir remédios de uso controlado

Prozac, Frontal, Valium. O uso de remédios controlados é uma questão difícil, e o maior problema de todos é que muita gente encontra grande dificuldade para conseguir algum desses medicamentos. Por que só os malucos, ou um punhado de figurões de empresas, ficam com todo o prazer, enquanto você, que realmente curte uma droguinha nova, fica excluído? Além disso, os psiquiatras de hoje, insaciáveis de poder, estão escorraçando do mercado os traficantes honestos e trabalhadores.

É claro que se seu psiquiatra não acha que você esteja doente o suficiente para tomar esse tipo de remédio, você pode muito bem matá-lo. E pode até escapar, alegando que a culpa foi toda dele, por não ter receitado os medicamentos.

Aqui vão outras possibilidades, mais eficientes.

Métodos para se conseguir remédios

Fique doente. O método mais simples para se conseguir um remédio de uso controlado é exibir de forma realista os sintomas que ele deve curar, seu filho da mãe sortudo.

Família ou amigos. Compre as drogas com algum amigo ou membro da família que tenha receita. Se eles não quiserem ajudar, você tem algum amigo que tenha problemas mentais, seja doente ou ambas as coisas? Eles seriam capazes de sair do consultório de um psiquiatra com uma batelada de receitas? Incentive as pessoas que você estima a procurar um médico pelo próprio bem delas. Depois, lembre-lhes de citar os sintomas que resultarão nas receitas que você quer. E, finalmente, se ofereça para comprar alguns comprimidos para eles. Se você realmente não tem qualquer amigo doente, então foque nos que são ingênuos. Manipule a mente deles. Convença-os de que precisam da ajuda de um profissional para alguma situação debilitante; como você se preocupa de verdade com eles, se ofereça para levá-los pessoalmente ao médico.

E-psique. (Esta opção desaparecerá brevemente, por isso aproveite enquanto ela ainda está quente.) Visite o site de um psiquiatra na internet e peça os remédios. Existem fóruns on-line em que os clientes se aproximam dos psiquiatras com uma descrição sucinta de suas doenças e pedem uma receita — e os psiquiatras os atendem.

Dê uma de ator. Procure um médico ou psiquiatra de verdade para suas "doenças". Pesquise os comprimidos que interessam a você. Eles curam quais doenças? Quais são os sintomas dessas doenças? Você consegue simular esses sintomas? Se sim, então trate de ver o médico, dê o seu show e leve para casa seu reluzente frasquinho. *Advertência:* Se você optou por simular uma doença, precisa ser convincente. Não dê o nome da doença nem sugira algum remédio. Finja que seu objetivo é descobrir o que tem atormentado sua vida e que você *jamais* pensou num tratamento médico.

Use seus filhos. Faça seu filho adolescente de cobaia de um psiquiatra. Talvez esteja na hora de ele ter uma consulta com o psicólogo da escola, ou um particular, para tentar descobrir por que tem tanta dificuldade de prestar atenção nas aulas — pode ser até que você precise começar uma campanha de intimidação mental para fazê-lo ficar de fato doente e assim conseguir os remédios que você quer.

Atravesse a fronteira. Vá buscar seus remédios nos países vizinhos. Existem sites estrangeiros que prescrevem remédios controlados, mas não seja imprudente on-line. Seja discreto e informe-se bem. Certifique-se da legitimidade dos sites antes de passar qualquer informação pessoal.

Roube um bloquinho de receita médica. Vá até um centro médico de psiquiatria e fique na sala de espera. Descubra quando os médicos deixam suas salas para ir ao banheiro ou para o almoço. Normalmente, esses consultórios são muito tranquilos e não têm recepcionistas, administradores nem enfermeiras. Só as divinas receitas. Entre com a maior tranquilidade no consultório de um psiquiatra, abra a gaveta da escrivaninha e furte um bloquinho de receitas em branco (que, a partir de agora, terá sempre seu nome). Não se envergonhe disso. Esses médicos são todos cooptados pelas companhias farmacêuticas — *eles* é que são os verdadeiros ladrões.

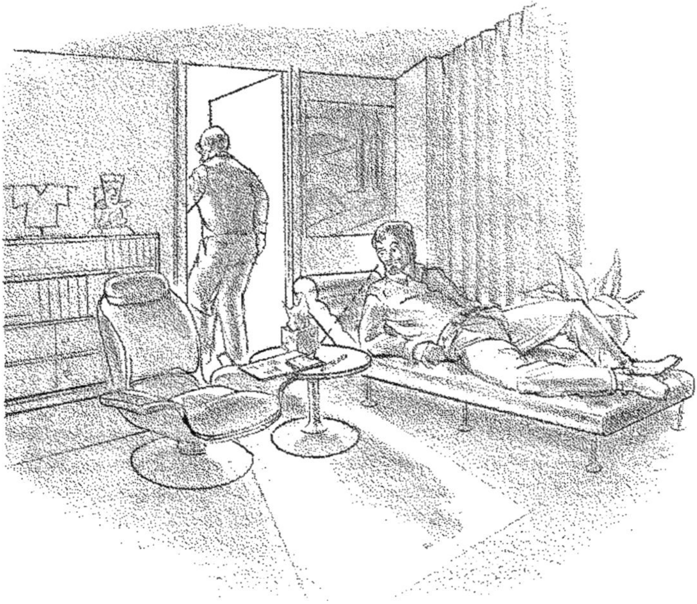

Figura 2. Se surgir uma oportunidade, sinta-se livre para arrancar algumas folhas do bloquinho de receita médica, a fim de ajudar a passar por um momento difícil.

Assalte uma farmácia. Isso talvez só deva ser feito em último caso. Descubra uma farmácia movimentada que tenha um bom lugar para se esconder e que feche à noite. Traga uma máscara no bolso e entre na loja na hora de maior movimento, que é quando os farmacêuticos estarão prestando pouca atenção a você. Não faça nada que chame a atenção dos outros. Entre em seu esconderijo e espere a loja fechar. Quando todo mundo tiver saído, ponha sua máscara e entre em ação — assalte a farmácia e arraste todos os remédios que você quiser. Se você for realmente paranoico (aliás, esperamos que os remédios curem isso) ou simplesmente ultracuidadoso, pode botar fogo no lugar para mandar uma mensagem e destruir qualquer prova de sua presença.

LENDAS MALDITAS

Ladrões desconhecidos

Talvez exista alguma lógica em manter milhões em drogas farmacêuticas em armazéns comuns e praticamente sem vigilância. Mas não para um grupo de talentosos assaltantes, que ensinou uma lição à corporação Eli Lilly, aos psiquiatras sedentos de poder e a alguns farmacêuticos idiotas de toda parte.

Durante uma violenta tempestade, nas redondezas de Springfield, Massachusetts, antes de o sol raiar, uma equipe de bandidos escalou o muro de tijolos até o alto do edifício, abriu um buraco no teto, desligou os alarmes e fez rapel até o chão. Eles passaram horas enchendo um caminhão — que já haviam deixado na seção de carga e descarga — com os objetos de desejo e, então, simplesmente se mandaram com o maior assalto de comprimidos de todos os tempos: setenta e cinco milhões de reais em remédios como Zyprexa, Cymbalta e Prozac.

3. Como burlar máquinas de refrigerante, salgadinhos...

Quantas vezes, ao longo da vida, você já foi roubado por uma dessas máquinas? Algumas vezes, o chocolate que você pediu ficou preso no meio do caminho, e você ficou igual a um idiota, vendo ele ali, entalado... Quantas vezes você já se confundiu com as letras ou os números do pedido? Você queria Doritos sabor nacho e em vez disso veio um iogurte com granola. Talvez ela não queira aceitar suas notas mais manuseadas, e aí fica a impressão de que *você* é que é o sujo. Então você pede a alguém que esteja passando para trocar a nota dele pela sua, mas a pessoa nem olha para você — e você nem pode culpá-la.

Às vezes, a máquina rouba seu dinheiro na maior. Você quer o dinheiro de volta, por isso espera semanas para confrontar os mercenários que são os donos das máquinas. Quando eles vêm pegar o dinheiro, pedem para você se afastar, como se tivessem sido treinados pela CIA — e como se você não estivesse no mesmo nível deles. As máquinas de venda passaram a perna *em você* — e agora está na hora de dar o troco.

Fraude Digital

Nós vivemos na era de ouro das fraudes às máquinas de vendas. A era digital nos apresentou algumas máquinas informatizadas muito legais, mas o tipo de programa que elas usam favorece os hackers. Há um rio de dinheiro que pode ser ganho com as novas máquinas de Coca e Pepsi, tal como refrigerantes grátis e alguns trocados.

Os hackers decodificam os menus dessas máquinas apertando os botões dentro de padrões específicos. Esses códigos são exclusivos de uma série de máquinas diferentes. E em vez de escrever os padrões de decodificação de cada uma delas, é muito mais fácil você entrar no YouTube e digitar "Hack a Vending Machine" (como hackear uma máquina de vendas) na caixa de pesquisa.

As próximas técnicas de fraude são bem antigas e não se referem a qualquer modelo ou programa de computador específico. É só o bom e velho roubo mesmo.

O método da fita adesiva

1. *Use fita adesiva transparente* nos dois lados de uma nota.
2. *Deixe 2,5 cm da nota sem fita* (nos dois lados) e insira essa ponta na máquina.
3. Certifique-se de que *não* haja *bolhas de ar.*
4. *Crie um rabo de fita* (entre 1 metro e 1,5 metros de comprimento) e fique segurando esse rabo enquanto a nota entra na máquina.
5. Depois de fazer sua escolha e ela ter sido registrada, *puxe a nota* para fora da máquina, com cuidado.

Outros métodos

Ponha água com sal. Ponha uma mistura de água com sal na abertura para moedas (talvez você tenha que fazer essa mistura na própria boca e cuspir no buraquinho e ainda precise inserir uma moeda, para garantir que o líquido flua). Isso vai causar um curto-circuito na máquina, e geralmente o resultado é um ou dois refrigerantes

Figura 3. Deixe livres os primeiros 2,5 cm da nota e prenda um "rabo" de fita adesiva. Insira a nota e, depois de a compra ser registrada, puxe-a de volta.

de graça. Se as latinhas não caírem imediatamente, basta apertar um dos botões de escolha e se preparar para a máquina começar a cuspir refrigerantes e o escambau. Ela também pode soltar dinheiro.

Quebre a máquina. Se não houver qualquer câmera de vigilância por perto (as máquinas mais recentes têm câmeras embutidas) quebre o vidro com uma marreta, uma perna de mesa ou algum instrumento pesado. Saqueie tudo e caia fora. Você também pode tentar derrubar a máquina.

O aborto. Se a máquina tiver uma janela transparente, desentorte um cabide de arame, levante a aba de onde caem os salgadinhos e vá fazendo o arame subir por dentro da máquina. Faça um buraco no invólucro ou simplesmente enfie o arame no salgadinho que você quer.

Fichinhas ou moedas falsas. Prenda um barbante numa moeda (verdadeira ou não) e use-a várias vezes, em qualquer máquina de vendas.

4. Como fugir das Forças Armadas

Algumas pessoas querem entrar para as Forças Armadas para ganhar disciplina, ou por sentirem que é uma espécie de dever ao país, e outras entram porque foram manipuladas por um recrutador no ensino médio. No entanto, se sofrer humilhação por um sargento de treinamento sádico não for de seu feitio, e você perceber que cometeu um erro, há formas de fugir desse pesadelo.

Dispensa com honra

Se você estiver nos primeiros dias de Exército, no período de treinamento, talvez possa se candidatar a uma "Dispensa de primeiro nível". Você precisa cuidar da papelada nos primeiros seis meses, por isso trate de agir depressa. O comandante de sua unidade tem de declarar que a sua presença nas Forças Armadas pode ser prejudicial àquele batalhão como um todo, por isso seja convincente. Simule um ataque histérico, se recuse a comer, chore, dê piti, vire um oponente zeloso e consciente, faça ameaças absurdas às pessoas (prometa que vai transformar alguém num lagarto e que ele será seu amante para sempre), pilote uma motocicleta invisível, fale um monte de bobagens, desobedeça ordens etc.

Oponente consciente

Um oponente consciente (OC) é alguém que simplesmente se opõe à guerra, por qualquer que seja o motivo. Seu sistema de crenças se opõe à premissa de que uma guerra é uma maneira legítima de resolver disputas nacionais ou internacionais. Seja o maior OC que você puder no Exército. Faça uma cena (mas de um jeito que acreditem em você). Recuse-se a participar de qualquer atividade prática e a obedecer às ordens de qualquer superior, faça discursos filosóficos sobre a futilidade das guerras, entre em greve de fome, distribua folhetos de propaganda antiguerra, tente recrutar outros membros do batalhão para a sua causa, faça tudo o que puder para subverter as operações de rotina de sua unidade. Se o comandante não vier até você para discutir essa questão, vá até ele. Normalmente, os OCs têm de falar com um orientador, que vai determinar se a pessoa está apta a servir ou não. Tente ser sutil o bastante para convencer o orientador de que sua presença não fará bem àquela unidade. Explique por que você é um OC da maneira mais lúcida possível. Se precisar, ensaie um discurso. Você deve incluir sua filosofia e sua experiência pessoal nas declarações. Se quiser alegar que agora você pertence a uma doutrina religiosa pacifista, então que assim seja. Convença o orientador de que você não é mais a mesma pessoa que era na época em que se alistou e de que não é mais capaz de seguir as ordens de uma instituição militar que vai contra todos os princípios em que você acredita.

Desvio de conduta

Se você não se acha preparado para enfrentar a questão do lado cognitivo, então busque a saída contrária: enlouqueça. Vá afundando gradativamente na insanidade — não faça isso de um dia para o outro. Comece surtando um pouco, depois comece a caminhar nu pela capela e, após algum tempo, esfregue mingau em seu corpo nu como se fosse um vestido pintado. Diga para as pessoas tomarem cuidado com o unicórnio assassino que vem rondando o quartel nas últimas noites. Comece a se ata-

Figura 4. Um soldado criativo começou a pilotar uma motocicleta imaginária pelo quartel. Foi logo dispensado.

car violentamente (não machuque ninguém, mas faça com que tenham medo). Quando seu comandante abordar você, diga que está tudo bem. Você vai acabar sendo enviado a um avaliador de comportamento e, desde que sua loucura não pareça uma encenação, o mais provável é que mandem embora.

Homossexualidade

Passe uma cantada em seu comandante e em outros membros de sua unidade. Eles vão tratar dessa questão na mesma hora, e você provavelmente terá de assinar um formulário declarando ser homossexual. Com isso, provavelmente ganhará baixa.

Deserção

É claro que você pode simplesmente desertar e se arriscar às consequências de uma captura. (Será emitido um mandado de prisão contra você, mas é provável que você não chegue a ser preso.)

5. Como fazer um coquetel Molotov

Com um arremesso certeiro que atinja o tanque de combustível, você pode explodir um tanque do Exército. Mas mesmo que você não esteja numa batalha, sempre é bom saber como fazer um objeto incendiário improvisado. É uma ótima maneira de causar uma impressão memorável na nova igreja que você frequenta. Durante o sermão, use sua bomba para explodir a porta da frente. E quando o fogo diminuir de intensidade, entre na igreja com a maior calma e apresente-se como Satanás.

Da mesma maneira que a tecnologia, os coquetéis Molotov evoluem. O modelo clássico é feito com um trapo encharcado de óleo, que serve de pavio. Mas um tiro desses pode facilmente sair pela culatra, pois o combustível pode esparramar pela garrafa ou, o que é pior, a bomba pode explodir em sua mão. Os coquetéis Molotov modernos usam um absorvente interno que aumenta a eficiência.

Instruções passo a passo

A garrafa

1. Comece com um recipiente de vidro, como uma garrafa de vinho ou de bebida destilada. Seja

qual for a garrafa usada, certifique-se de que você ainda tenha a rolha ou a tampa.

A mistura. Existem algumas opções para serem usadas como líquido inflamável, dependendo do efeito que você quiser causar.

2. Encha a garrafa com a proporção de *50% de gasolina e 50% de óleo de motor*. Este pega fogo com facilidade e gruda bem no alvo.
   Ou então use *50% de gasolina e 50% de alcatrão*. O alcatrão gera um calor maior do que o gerado por óleo de carro e é bem pegajoso.
3. Tampe a garrafa.
4. Agite bem.

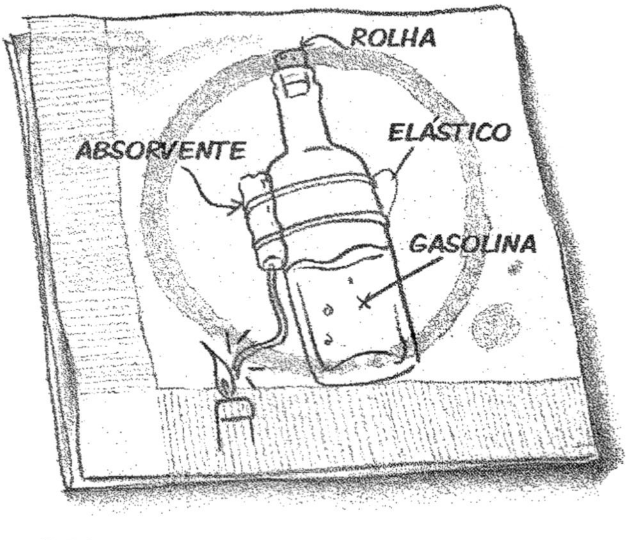

Figura 5. Existem poucas coisas mais sexies do que explodir alguma coisa com um absorvente encharcado de gasolina.

O absorvente utilizado como pavio. Em vez de embeber um trapo em óleo, um absorvente interno encharcado de gasolina traz resultados muito melhores.

5. Encharque um absorvente com gasolina.
6. Encaixe o absorvente no gargalo ou o amarre ao lado da garrafa com dois elásticos de borracha.

A bomba

7. Acenda o fio do absorvente como se fosse um pavio.
8. Atire a garrafa com força na direção do alvo. Ela precisa quebrar para poder pegar fogo.
9. Curta a explosão.

6. Como ter outro nome*

Existem muitas razões pelas quais você pode querer ou precisar ter outro nome — e nenhuma delas é de nossa conta. Talvez o fato de estar preso ao nome de batismo não esteja permitindo que você expresse seu verdadeiro eu. Por que não criar um alter ego, com outro nome, para sofrer as consequências de suas transgressões da lei? Quando você trabalha como caixa de banco, você é o Mike Smith, mas no blog que você tem, dedicado a derrubar o sistema capitalista, você é o Jake Jenson. Mike Smith paga as contas em dia e vota nos políticos de direita; Jake Jenson, no entanto, se dedica a criar um país independente no quintal da casa de Mike Smith. Quando os caixas de um shopping perguntam o nome e o CEP de Mike Smith, eles recebem as informações relativas a Jake Jenson, porque, afinal, nunca se sabe quem pode estar colaborando com uma investigação secreta do FBI.

A boa notícia é que obter outro nome nos Estados Unidos é bem simples e absolutamente legal. Aliás, o di-

---

* As maldades apresentadas neste capítulo dizem respeito às leis vigentes nos Estados Unidos. Mas, certamente, essas mesmas maldades poderão inspirar você a se livrar de outras roubadas. (*N. do E.*)

reito de alguém ter um nome novo é garantido pela 14ª Emenda da Constituição americana.

O "Método de Uso"

Digamos que você tenha um nome horrível de ser pronunciado, como Michael Saltalamacchia, e prefira se chamar Jake Jenson. É simples: basta pegar seu novo nome, começar a usá-lo normalmente... e pronto.

A maioria dos estados americanos permite que você mude o nome por qualquer motivo, sem burocracia ou procedimentos legais. O governo não criará obstáculos, a não ser que ele prove que você mudou de nome com algum objetivo ilícito, como evitar uma falência. E também não se aprova nomes com números ou símbolos, ou que contenham palavras obscenas. O *Método de Uso* também é chamado de *Por Vontade Própria* ou *Fundamentado na Jurisprudência.*

Siga essas etapas:

1. *Escolha um nome com cuidado.* Você pode mudar seu primeiro nome, seu sobrenome, o nome do meio ou todos os três. Treine a nova assinatura. Peça a algumas pessoas que o conhecem para começarem a chamá-lo pelo novo nome. Perceba a sonoridade.
2. Uma vez escolhido seu novo nome, você precisa utilizá-lo com todo mundo. É seu novo nome, portanto trate de curti-lo. Se você pretende usá-lo com as pessoas que já o conhecem pelo seu nome antigo (família, amigos, colegas de trabalho, repartições públicas e qualquer empresa com a qual você tenha contato), deve deixá-las cientes e só usar seu nome novo. Se as pessoas acharem que é brincadeira, *deixe claro que você está falando sério* e

que legalmente mudou de nome. Perceba se ele combina com você.

3. Na maioria dos estados, o Método de Uso é considerado uma maneira *legal* de se mudar de nome. Assim sendo, você pode *obter uma carteira de motorista com seu novo nome* e usá-la para obter um cartão do seguro social, cartões de crédito e até mesmo um passaporte.

Método de "Petição ao Poder Judiciário"

Em alguns estados, certas instituições como bancos e repartições públicas podem exigir uma ordem judicial para confirmar seu novo nome.

Para fazer com que o novo nome seja aprovado pela Justiça, você deve entrar em contato com a prefeitura de sua cidade e pedir ao funcionário um *pedido de mudança de nome* ou quaisquer formulários que tenham a ver com tal procedimento. Esse processo geralmente inclui o pagamento de uma pequena taxa e solicita que você ponha um aviso legal num jornal de sua cidade, para o caso de haver alguma oposição. Depois disso, um juiz tem o poder legal de confirmar ou rejeitar seu novo nome. Geralmente, o único motivo para a mudança de nome não ser permitida é se houver alguma objeção legítima ou se o juiz acreditar que você quer adotar um novo nome para algum objetivo ilícito. A propósito, se você não tiver como pagar tudo isso, existe uma possibilidade de se conseguir tudo de graça. Fale com um funcionário da prefeitura.

Ou, para facilitar tudo, você pode contratar os serviços de um advogado, pode ser on-line, para ajudá-lo a conseguir um novo nome. Embora, se estiver criando um novo nome, você talvez não queira jogar essa informação nos sites jurídicos que existem por aí.

Figura 6. Vá para o México, ou outro país do terceiro mundo, e consiga documentos novos. Enquanto estiver por lá, arranje uns fogos de artifício ilegais e umas prostitutas baratas.

LENDAS MALDITAS

Christian Karl Gerhartsreiter

Vulgo Chris Chichester, vulgo Christopher C. Crowe, vulgo Michael Brown, vulgo Clark Rockefeller, vulgo J. P. Clark Rockefeller, vulgo Clark M. Rockefeller III, vulgo Clark Mills Rockefeller, vulgo James Frederick, vulgo Charles Smith, vulgo Chip Smith.

Gerhartsreiter realmente viveu o sonho americano. Ele chegou aos Estados Unidos como aluno alemão de intercâmbio e logo arranjou um nome novo: Chris Chichester. Logo depois, Chichester virou Christopher Crowe, que por muitos anos foi suspeito do assassinato de um homem desaparecido. Ao longo de sua vida, Gerhartsreiter adotou vários outros nomes, até chegar a seu favorito, Clark Rockefeller. Foi uma escolha brilhante, pois assim ele podia se apresentar como herdeiro da bilionária família Rockefeller. Clark começou a frequentar os círculos da alta sociedade, chegando até a entrar para o prestigiado Clube Algonquin, onde virou membro do conselho diretor. Rockefeller se casou com uma mulher rica e trabalhadora, que lhe deu uma filha e o sustentava, já que ele preferia não trabalhar. Fazia isso para ampliar sua rede de contatos e espalhar o bom nome. Então sua esposa acabou pedindo o divórcio e ficou com a custódia da criança, deixando-o sem outra opção, a não ser sequestrar a própria filha. Meses depois, ele acabou sendo preso como Charles "Chip" Smith.

Nomes novos para menores

Menores de idade também podem adotar um nome novo. Veja só como:

1. Obviamente, o Método de Uso é o mais simples. É só *começar a usar seu novo nome no dia a dia*. Com seu novo nome, a escola nunca mais será igual. É só dizer a seus amigos, professores e à direção da escola que você mudou de nome.
2. Se seu estado exigir que haja um procedimento legal, *será necessária a permissão de seu representante.*
3. No entanto, se você tiver alguma dificuldade para conseguir essa permissão, você pode ir até o fórum de sua cidade ou instituição do governo e *preencher uma petição para mudança de nome.* Peça ao tabelião para que seja mandada uma notificação oficial para o seu guardião ou responsável legal. Essa comunicação é mandada pelo xerife *ou* por carta registrada.

Crie um nome comercial

Um nome comercial é o uso legal de um nome para fazer negócios. Permite que você divulgue, faça transações e se apresente sob um nome que você escolheu. Consegui-lo é relativamente simples, e os custos são baixos. Os procedimentos de registro variam de estado para estado; por isso, cheque as informações com seu governo local. Provavelmente, eles pedirão para você dar uma busca no banco de dados, para terem certeza de que seu nome já não esteja sendo utilizado por outra pessoa.

Método "el seudónimo"

Uma opção mais nefasta, e ilegal, é atravessar a fronteira mexicana e conseguir documentos falsos, para então voltar aos Estados Unidos com o novo nome. Seja lá qual for seu orçamento, todos os documentos de que você precisa podem ser encontrados em qualquer esquina. Em geral, em questão de minutos, alguém se aproxima e lhe oferece documentos para morar nos Estados Unidos, cartões da Segurança Social e, se você tiver muito dinheiro, pode até conseguir um passaporte americano falso, mas absolutamente irretocável. Você também pode conseguir um *green card* verdadeiro, com a foto de alguém muito parecido. (Nesse caso, quanto mais você se parecer com um latino, melhor.) Essas opções menos nobres também estão disponíveis nos Estados Unidos. Documentos falsos são vendidos abertamente em lugares como a região leste de Los Angeles ou em Tucson, no Arizona. Se você estiver precisando muito, sempre existem funcionários corruptos à sua disposição no Detran de lá.

7. Como abrir uma fechadura

Quando você sabe abrir uma fechadura, inúmeras portas se abrem para você. Fazer compras em lojas de luxo é infinitamente mais fácil quando você não tem de se submeter ao tempo em que ela fica aberta, aos vendedores ou aos preços. E mesmo que aquela vizinha gostosa tenha se recusado a sair com você, você ainda tem uma segunda chance de causar uma boa impressão, entrando no quarto dela sem mais nem menos. É claro que, se as pessoas fossem tão simpáticas quanto você, não seria necessário invadir a casa delas, já que as portas estariam abertas naturalmente.

Tranca

Tudo aquilo que você ouviu é verdade: realmente é possível abrir uma tranca com um cartão de plástico. (Mas não use um cartão de crédito, porque pode ficar todo marcado.) Fique esfregando o lado do cartão no engate, enquanto força e mexe na fechadura. Depois de alguns minutos, ela deve ceder.

Ferrolhos

Esse é o tipo mais difícil de se arrombar. O tamanho do ferrolho varia de acordo com a profundidade de alcance, que é o espaço penetrado por ele na moldura da porta.

- Você deve ser capaz de *serrar um ferrolho*, mas cuidado com uma possível haste de aço no meio dele.
- Você também pode *usar uma furadeira (se estiver num lugar isolado) para tirar o ferrolho ou arrebentar o botão, ou usar uma ferramenta para retirar o ferrolho do trilho.*
- Use uma *chave micha e uma alavanca de tensão (ou chave de torque) para manipular o ferrolho.* (Você também pode usar uma *pick gun*, que tira todos os parafusos ao mesmo tempo.) E também precisará de uma chave de fenda comum.
  1. *Insira a chave de torque na parte de baixo da fechadura* e vire o cilindro para a direita, até onde ele for.
  2. *Insira a chave micha* na parte de cima da fechadura e procure sentir os pininhos (esses pinos são normalmente manobrados pela chave, por isso você deve inserir a micha como se ela fosse uma chave; tenha paciência e tente sentir qualquer pino que você tenha de empurrar para cima).
  3. *Gire a alavanca de tensão* enquanto estiver empurrando os pinos para cima e continue fazendo isso até que todos os pinos tenham sido empurrados, penetrando na fechadura.
  4. *Gire a alavanca de tensão* pela última vez e use uma chave de fenda comum para abrir o ferrolho.

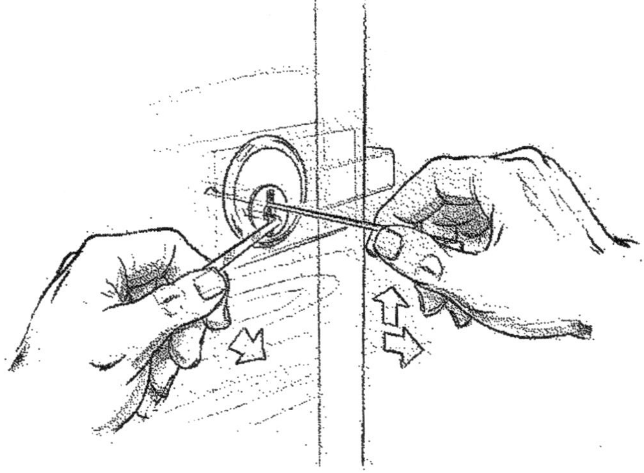

Figura 7. Abra um ferrolho com uma micha e uma alavanca de tensão.

Cadeados

Usando uma lingueta de alumínio como a "gazua", você pode entrar no segredo de um cadeado e abri-lo. Em vez de ilustrar aqui como se dá esse processo, você pode ver uma demonstração no YouTube sob o título "Open a padlock with a beer can" [Como abrir um cadeado com uma lata de cerveja].

Corrente

Serre ou *arrebente a pontapés.*

8. Como escapar de ser jurado num tribunal*

Mesmo que a ideia de ter o destino de um pobre diabo em suas mãos seja empolgante, e o poder de encher o saco de uma sala cheia de jurados cansados seja uma experiência maravilhosa, há, na verdade, muitas boas razões para você se livrar de ser jurado num tribunal. Aqui vão os motivos legítimos, assim como mais algumas técnicas criativas.

Para escapar *antes* do julgamento

- ***Razões Financeiras.*** Se estiver num estado da federação que libere as pessoas de serem juradas por motivos financeiros, você pode levar formulários de imposto de renda e extratos bancários ao tribunal para provar que não pode faltar o trabalho. Não use declarações de renda falsas — se você ganhar dinheiro demais e não puder usar esse truque, parta para outro método.
- ***Você já é voluntário.*** Se você já for voluntário de uma instituição de respeito, então já está

* As maldades apresentadas neste capítulo dizem respeito às leis vigentes nos Estados Unidos. Mas, certamente, essas mesmas maldades poderão inspirar você a se livrar de outras roubadas. (*N. do E.*)

cumprindo seu dever cívico. Obtenha uma carta de seu mestre, chefe ou guru, e você se livrará de ser jurado.

- ***Você é responsável pela guarda de alguém.*** Se você precisa cuidar de uma criança ou de uma pessoa idosa que depende de sua presença, pode conseguir uma dispensa, ou pelo menos um adiamento.
- ***Você é insubstituível.*** Se sua presença é crucial para o andamento de um negócio, você também conseguirá uma dispensa ou um adiamento.
- ***Uma desculpa irrefutável.*** Pense numa desculpa inquestionável e consiga uma mudança de data quando receber a notificação para ser jurado. Entrar para o Exército, sofrer de uma doença terminal, ter algum distúrbio psicológico, uma viagem a trabalho ou uma mudança para cuidar de um parente doente provavelmente farão você adiar sua convocação por pelo menos um ano.
- ***Mudança de data.*** Peça para a data em que você deve servir como jurado ser antecipada. Seu nome vai ser incluído numa lista que já está pronta e, provavelmente, você nem será chamado. Se isso não der certo, você pode pedir para alterarem seu dia para dezembro, o que significa que haverá uma chance maior de o julgamento mudar de dia.
- ***Ligue para o juiz.*** Telefone para o juiz e para encarregado do cartório pedindo uma dispensa.

Para escapar *durante* o julgamento

- Comece a *perguntar sobre "anulação pelo júri"*, que dá aos jurados o poder de declarar um réu inocente, sob a alegação de que a lei é injusta e, portanto, nula (no contexto do caso). Não se intimide e faça ao juiz e aos advogados o máximo de perguntas que puder sobre essa questão legal. Isso fará você parecer um rebelde ou, pelo menos, uma pessoa potencialmente irritante, e você pode ser dispensado.

- Mostre-se ansioso demais para *dar seu apoio à acusação*, sem sequer ouvir tudo o que a defesa tem a dizer. Dê uma de teimoso e se recuse a mudar de ideia em qualquer questão que diga respeito ao julgamento. Seja teimoso e ignorante.
- Por outro lado, se você *parecer muito bem-informado* sobre o tema, também poderá ser dispensado. Se você tem uma revolta pessoal contra

Figura 8. Para não ser jurado, às vezes a melhor defesa é ser agressivo.

determinado tipo de crime (porque um amigo ou parente já esteve envolvido em algo parecido no passado), fale desse assunto abertamente. Se você conhecer alguma das testemunhas, um dos policiais ou tiver conhecidos na região em que o crime aconteceu, diga a verdade. Se você for um especialista em qualquer aspecto do caso, não hesite em mostrar seus conhecimentos durante os debates, mesmo que o juiz e os advogados prefiram que você fique quieto.

- *Convença os juízes, os advogados e os outros jurados*, durante a audiência preliminar, de que você não é uma pessoa estável nem objetiva. Você pode fazer isso dando respostas teatrais a certos detalhes do caso (soltando um gritinho, levando as mãos ao rosto e tendo um rompante ou outro). Manter um comportamento de débil mental (fingindo que não compreende conceitos simples) também ajuda. Você deve atuar com sinceridade e sutileza. Não exagere, porque os funcionários do tribunal lidam com pessoas tentando escapar de ser jurado todos os dias.
- Tenha um aspecto ou um odor asqueroso. Vá ao tribunal de pijama ou evite tomar banho por um bom tempo antes de o grande dia chegar. Você pode ser reeprendido e receber uma ordem para se arrumar, mas existe uma boa possibilidade de que eles simplesmente o dispensem, para terem menos dor de cabeça.

9. Como roubar um objeto numa loja

A maioria das pessoas que roubam objetos em lojas são cidadãos cumpridores das leis que nunca foram presos. Eles não usam coisas roubadas, não tomam drogas, têm a identidade em ordem, mas, mesmo assim, se sentem impelidos a roubar. Segundo os especialistas, isso acontece porque o jato de adrenalina que o corpo recebe ao se apropriar de alguma coisa de graça é igual à reação química que ocorre quando as pessoas praticam esportes radicais. Isso quer dizer que surrupiar uma corda de bungee-jump deve ser o máximo da adrenalina.

Esses pequenos furtos precisam ser feitos com muita calma. Ladrões impulsivos são sempre pegos porque os bolsos deles ficam cheios de mercadorias (e de sensores antifurto) quando eles saem da loja. Certifique-se quanto ao tipo de vigilância que existe no lugar. Se houver câmeras por todo lado, então hoje não é dia de roubar. Você só pode furtar coisas de corredores onde não haja muito movimento e que não tenham qualquer segurança.

Provadores

Veja como funcionam os provadores das lojas. Há funcionários que monitoram os provadores, ou as pessoas entram e saem sem qualquer ajuda? Se não houver alguém de guarda, traga suas sacolas de compras (que você trouxe de casa ou roubou de outra loja) para o provador. Discretamente, deixe cair uma ou duas coisas dentro dela. Certifique-se de que os objetos não tenham sensores. Não faça isso de forma muito rápida, mas também não passe muito tempo no provador. Leve no máximo umas duas roupas e ponha o restante nos cabides.

Figura 9. Enfie uma ou duas peças de vestuário numa sacola de outra loja, veja se elas não têm algum sensor e saia como quem não quer nada.

A direção contrária. Identifique o objeto que você quer roubar e comece examinando outra coisa, completamente diferente. Enquanto você brinca com seu objeto de despiste, enfie discretamente o que realmente é pretendido na bolsa com o pé ou com a outra mão.

Furte. Se não houver alguém por perto e você não vir nenhuma câmera de vigilância, simplesmente ponha o que você quer no bolso e saia tranquilamente da loja.

Troca de etiquetas. Mude a maneira de roubar uma loja. Em vez de planejar ficar com as coisas de graça, planeje pagar um preço mais barato por elas. Simplesmente retire a etiqueta de preço de um objeto e grude-a em outro. Você pode fazer isso várias vezes, com inúmeros objetos. Só trate de estar com o carrinho bem cheio quando passar pelo caixa.

10. Como escapar de um perseguidor

Todos nós somos constantemente monitorados — há câmeras de vigilância por toda parte — no trabalho, no ônibus, fazendo compras, levando o cachorro para passear (veja o Capítulo 16, "Como não limpar o cocô de seu cachorro"). Nossos computadores, celulares e cartões de crédito informam a inúmeras agências do governo onde estamos e o que estamos fazendo. Como você pode participar de um chat em seu site favorito de canibalismo, quando uns sujeitos como o "Tom", fundador do MySpace, conseguem invadir sua vida dessa maneira? Mesmo que seu caso seja apenas da mais absoluta paranoia, isso aqui aumentará consideravelmente suas chances de sucesso.

Você sabe que está sendo seguido quando...

Se estiver envolvido em alguma atividade ilícita, você deve partir do princípio de que está sendo monitorado. Só isso já vai te dar uma vantagem. Se estiver num caso de divórcio, se solicitou o recebimento de um seguro ou se sua esposa está desconfiada que você a está traindo, então existe uma grande possibilidade de você estar sendo seguido.

- *Você perceberá* um carro desconhecido nas vizinhanças, verá alguém seguindo em público, guardando ou não uma certa distância, notará alguém tirando fotos de você, de sua casa e de onde você vai.
- *Amigos podem te contar* que receberam telefonemas de pessoas perguntando sobre você, ou você pode reparar que há mais gente te ligando e desligando o telefone, ou pedindo desculpas porque foi engano.
- Seu carro ou sua pasta podem estar com algum grampo ou aparelho de rastreamento, ou seu telefone pode estar grampeado (você realmente precisará *verificar todos os seus objetos pessoais* e desmontar os eletroeletrônicos para encontrar alguns desses artefatos).
- *Sua casa pode estar sendo monitorada* por um gravador de voz ou de vídeo escondido numa parede, num objeto de decoração ou num aparelho doméstico.

Técnicas de fuga

Existem muitas maneiras de se lidar com um investigador, algumas delas envolvendo uma fuga, outras envolvendo uma confrontação.

- *Confronte o suspeito de perseguição e pergunte o que ele está tentando descobrir.* Ele não confessará que está investigando você, mas pelo menos ficará sem jeito e o trabalho dele vai ficar muito mais difícil.
- *Depois de confrontar seu perseguidor, comece a persegui-lo,* até ele deixar você em paz. Você pode

fazer isso enquanto ele está em seu encalço, e pode avançar um pouco mais e seguindo-o até a casa ou o bairro onde ele mora.

Estas táticas de fuga são mais complicadas:

- *Identifique outras saídas de sua casa* (pelo porão, por janelas ocultas, dutos de ventilação, saídas de incêndio etc.) e comece a usar todas elas re-

Figura 10. Entradas secretas dificultam muito o trabalho de um perseguidor. Ou então, parta para o ataque, comece a segui-lo e ponha o intruso filho da mãe na defensiva.

gularmente, sem estabelecer qualquer padrão de circulação.

- *Fale em código pelo telefone e dentro de casa* — nunca fale abertamente o local de qualquer atividade questionável nem os nomes de seus colegas.
- *Mantenha uma rotina completamente irregular para confundir o investigador*, ou tenha uma rotina banal a ponto de ele acabar te deixando em paz de tão previsível que você é.
- Mesmo que você não tenha um emprego, *tenha uma* "hora de trabalho", *durante o qual você exerce suas atividades secretas*. Sempre que for fazer algum ato ilícito, chegue sempre na mesma hora ao que ele vai considerar seu "escritório" e despiste-o depois de passar pela porta. Enquanto ele tenta adivinhar que trabalho misterioso é esse, você escapole pela porta dos fundos (esteja sempre com seu carro no estacionamento) e trata dos negócios que você realmente precisa cuidar. (Obs.: Se você passa o dia inteiro num trabalho verdadeiro que ele conhece, então invente uma espécie de segundo trabalho ou uma tarefa dessas que precisam ser feitas uma vez por mês — o que é perfeito se você estiver escondendo um caso amoroso.)

Entre nas câmeras de vigilância do Google

Em questão de segundos, você pode deixar de olhar para uma planilha idiota do trabalho e monitorar centenas de pessoas inocentes por meio de uma batelada de câmeras de vigilância. Entre em Householdhacker.com, onde você pode acessar inúmeros endereços da internet e deixá-los gravados em sua barra de endereços. Quase na mesma hora, você passa a ter acesso a uma rede de câmeras de segurança de todos os Estados Unidos. E isso não é sequer ilegal. É verdade que pode ser meio assustador, mas pelo menos não é você que está sendo vigiado.

11. Como se livrar de uma multa de trânsito*

Um dia comum no trânsito. Você está a 130 Km/h numa área escolar e passando uma mensagem de texto para seu fornecedor de cocaína. De repente, aparecem luzes piscantes vermelhas no retrovisor. Você é obrigado a encostar o carro. Eles revistam você, tratam você como se fosse uma criança. Por que deveria aguentar uma coisa dessas?

Entre o momento em que mandam você parar e o momento em que você é considerado culpado (levando uma multa por excesso de velocidade), existem duas rotas de fuga possíveis. A chave desses portais está na solidariedade do próprio guarda que aplica a multa ou no código adotado pelo juiz.

Rota de fuga nº 1: passe uma conversa na polícia

- Enquanto encosta devagar, você precisa *se compor e se preparar da maneira mais respeitosa possível* para falar com a polícia. (Se você realmente es-

* As maldades apresentadas neste capítulo dizem respeito, em parte, às leis vigentes nos Estados Unidos. Mas, certamente, essas mesmas maldades poderão inspirar você a se livrar de outras roubadas. (*N. do E.*)

tiver para levar uma multa por excesso de velocidade, tenha em mente onde estava a última placa de limite de velocidade.)

- *Desligue o carro e pegue logo a carteira de motorista, documentos do carro e informações sobre o seguro.* Então ponha as mãos na posição de "dez para as duas" no volante e espere o guarda se aproximar. (Nunca saia do carro e não ponha as mãos no bolso para pegar nada sem comunicar ao policial.) O negócio é dar uma de submisso e respeitar a autoridade do guarda. Enquanto estiver no carro, não fique se mexendo ou querendo acabar com tudo logo, porque esse comportamento deixará o guarda de sobreaviso e temeroso de perder o controle. Se ele se sentir no controle da situação desde o começo, então será capaz de pegar mais leve depois que você começar a falar.
- Se o guarda não começar a falar logo sobre a infração, então *deixe-o trabalhar do jeito dele* (pontuando tudo com um "desculpe" ocasional, de sua parte). Geralmente, nos primeiros minutos do encontro, o policial ainda está aferindo seu grau de cafajestice, portanto ficar quieto é a melhor maneira de não falar nada de errado.
- Depois que o guarda tiver todas as informações sobre você, *peça para falar sobre a infração.* Lembre-se de que é para pedir, e não exigir. Quando ele explicar a notificação, não discuta a avaliação feita. Aceite que ele está certo e peça sinceras desculpas pelo descuido. Defenda-se como se estivesse arrependido. Esse é o momento crucial em que o guarda decide se

você merece a multa ou não. Se der uma de cidadão obediente e arrependido, você ainda não estará livre, porque isso depende do grau de compaixão do guarda. Uma pequena lágrima pode ajudar uma mulher nesse ponto (e talvez alguns homens efeminados). Uma mulher também pode dizer que está num daqueles dias e se mandar rapidinho para o banheiro. Ao final da conversa, o guarda dará o veredito dele.

Rota de fuga nº 2: ganhe da polícia

- Se o guarda mesmo assim aplicar a multa, *pergunte sobre o radar dele.* Muitas, mas nem todas,

Figura 11. Tome cuidado com o comportamento que você terá. A expressão de seu rosto deve ser de desculpa, e você deve falar o mínimo possível. Sem reclamar, sem inventar, sem ter rompantes indignados e sem falar coisa alguma (até que ele se dirija a você). E suas mãos devem ficar no volante, na posição de "dez para as duas".

jurisdições exigem que os guardas deem essa informação, se isso for pedido. Se ele se recusar, respeite-o e espere para tocar nesse assunto de novo no tribunal.

- *Você pode perguntar* "quando foi a última vez que seu radar foi aferido?", "onde o senhor estava quando mediu minha velocidade?" ou "seu carro estava em movimento quando o senhor mediu minha velocidade?"
- *Pergunte pelo certificado do radar.* Muitos técnicos de radar dão um certificado de precisão ao policial, depois da instalação da unidade.
- *Pergunte se o policial recebeu treinamento específico para aquele tipo de radar* dentro do carro que ele estava dirigindo quando pediu para você parar. Muitas vezes, os departamentos de trânsito trocam equipamento antigo por um novo e dão um período de tempo para os guardas treinarem com os novos equipamentos. Não use um tom de confrontação quando perguntar sobre o radar. Simplesmente expresse sua curiosidade e diga que você quer saber de tudo para quando tiver que comparecer ao tribunal.
- *Pegue sua multa e retire-se com educação, sem causar qualquer tipo de impressão no guarda.* Os policiais costumam se lembrar daqueles que os irritam, mas os rostos dos cidadãos obedientes desaparecem rapidamente da memória.
- Você pode *prestar seus esclarecimentos ao juiz do caso* e/ou ao promotor desse mesmo jeito. Se eles não responderem, não insista. Espere até o dia do julgamento.

Rota de fuga nº 3: ganhe no tribunal

Trate todos os funcionários do tribunal com respeito. Seja simpático ao telefone e trate de chegar cedo no dia do julgamento. Nunca perca qualquer prazo, converse amigavelmente com o escrivão e tenha uma atitude amigável e discreta.

- Sua multa é uma declaração de fé pública em que o guarda afirma que você cometeu uma infração de trânsito. *Leia a notificação inteira.* Um erro de data, de rua ou de hora pode levá-la a ser anulada; se a data do julgamento for um feriado, o mesmo pode acontecer.
- Você pode *negociar uma pena alternativa,* como ajudar alunos de uma escola a atravessar ruas. Isso tiraria a multa de seu histórico e evitaria um aumento no preço de seu seguro.
- *Aproveite as brechas da lei.* Se for adiando sucessivamente seu julgamento, você cada vez mais cairá no esquecimento do guarda que te aplicou a multa. Ele pode até se aposentar ou ser transferido antes da data efetiva do julgamento, o que é motivo de revogação da multa.
- Se você foi pego numa área onde *o limite de velocidade muda* depois do espaço de alguns metros, isso, em certos lugares, pode ser motivo de revogação da multa.
- Quando aparecer pela primeira vez no tribunal, *vá com uma estratégia preparada.* Dê uma olhada no local com antecedência, para saber como se vestir (nem muito despojado, nem muito formal), onde se sentar e como se comportar adequadamente. Na hora da audiência,

diga que é "inocente" e terá um dia marcado para o julgamento.

- Faça um plano para o julgamento. Quando chegar ao tribunal, você deve estar *firme e confiante.* Pode tentar falar com o juiz ou o promotor a fim de fazer um acordo, mas não seja agressivo demais. Sempre existe a possibilidade de o guarda não aparecer, o que é motivo de anulação da multa.

No tribunal, há um procedimento básico: a promotoria faz a acusação, você se defende (com testemunhas, se quiser fazer mais drama), a acusação faz uma réplica e o juiz toma a decisão.

12. Como virar um produtor de filme pornô

Assistir a filmes pornôs é bem legal — especialmente se a ação estiver se desenrolando ao vivo em sua sala ou no "ônibus da foda" que você alugou. Não só os progressos tecnológicos tornaram a produção de um filme mais fácil e mais acessível, como o fluxo de mulheres com problemas ligados à insegurança — seja pela coisificação que a mídia faz das mulheres, por pais ausentes ou por causa de um namorado violento — fez essa ser a era de ouro do sexo. Garotas safadas só querem saber que tem gente achando que elas são bonitas ou inteligentes, e geralmente conseguem esse tipo de afirmação através da intimidade sexual. Jogar as imagens dessas mulheres transando na internet ou mostrá-las aos amigos dá a elas, no mínimo, a segurança de que tanto precisam. Bom trabalho.

Para começar

Antes de mergulhar de cabeça nessa indústria, você precisa pesquisar os parâmetros legais de onde você está.

- *Conheça as leis sobre o assunto e as punições* impostas àqueles que cometem "atos antinaturais" ou que descumprem as leis contra obscenidade.

- *Obtenha a identidade oficial de todas as pessoas envolvidas nessa sua nova empreitada*, para ter certeza de que toda a equipe esteja bem acima da idade legal.

Se você quiser mesmo ser um produtor, tem que começar pelo básico:

Equipamento

1. Uma *câmera digital* de qualidade.
2. *Fitas virgens* de alta qualidade.
3. *Software de edição de vídeo* (e saber como usá-lo).
4. Muita *luz* — e isso nunca é demais. Lâmpadas de halogênio e refletores comuns não são muito caros e garantem luminosidade intensa. Depois que seus filmes começarem a gerar dinheiro, talvez você queira investir num equipamento de iluminação de melhor qualidade.

Espaço. Depois que já estiver bem-informado sobre as leis a respeito, você pode escolher o local para as filmagens. Filmar em casa costuma ser ideal porque é barato, seguro e discreto. Você pode filmar em sua casa ou na casa de algum amigo que esteja disposto a ceder seu habitat em troca da glória de participar de um filme pornô. Hotéis também são uma ótima alternativa, mas você tem de escolher o hotel certo, já que basicamente fará um filme pornô e ilegal no território deles. Um lugar tosco demais pode proporcionar menos luz e menos privacidade; por isso, um quarto caro e isolado (como uma cobertura) seria o melhor cenário. Você provavelmente

Figura 12. Além de muito sexo bom e ousado, ter luminosidade suficiente é fundamental para um filme pornô de qualidade. Lâmpadas de halogênio e refletores comuns são opções baratas e inteligentes.

terá de levar mais artifícios para iluminação, e assim precisará de um método discreto para transportá-los pelo lobby do hotel e até seu quarto.

Atores. Existem inúmeras maneiras de se recrutar os melhores talentos possíveis para um filme pornô:

- Há *sites adultos de modelos* que permitem que você ponha um anúncio procurando atores.
- *Há muita gente jovem e cheia de tesão* querendo ganhar alguns reais extras depois de trabalhar em restaurantes que ficam abertos até tarde, shoppings que funcionam 24 horas, boates etc.

- *Ponha um anúncio* num jornal local alternativo ou numa revista de sexo.
- *Pergunte se alguém que você conhece* gostaria de participar.
- Promova algum evento local que *desperte o interesse de aspirantes a estrelas pornô* no lugar onde você mora. Um circo pornô itinerante não precisará de muito tempo para procurar suas estrelas, porque as estrelas correrão até ele. Esse método também serve para atrair clientes em potencial.

Filmagens

Os atores olharão para você procurando orientação. Por isso, você precisa ter um plano em mente. Seu primeiro pornô deve procurar ter as mesmas qualidades que você procura quando assiste a um filme desse tipo. Você tem de dar instruções muito claras aos atores durante as filmagens, e isso pode ser meio estranho no começo. Demora um pouco até se acostumar a esse novo papel, mas, depois que você firmar seu estilo, tudo ficará muito mais fácil.

Edição

A qualidade do software de edição do vídeo tem de ser acompanhada por um conhecimento de edição que esteja à altura. Tire as cenas que você considerar obscenas demais. Assim que você firmar um estilo, sua imagem deve se manter consistente. Seus clientes se sentirão atraídos por seus filmes porque eles têm o mesmo gosto que você; por isso, quando você vir alguma coisa no vídeo que faça você "brochar", é bem capaz de os outros espectadores terem a mesma reação. Assegure-se de que os cortes não atrapalharão o fluxo da narrativa. Pornôs que parecem colchas de retalhos tendem a ser anticlimax.

Promoção e distribuição

Há sites na internet especializados em distribuição de material pornográfico. Por isso, você pode tentar um contato com o site e vender seu produto para eles. Se você mesmo for promover seu vídeo, então você tem de criar um murmurinho usando métodos sensacionalistas — nada de ilegal; basta ser original.

13. Como contar cartas no 21

Sentir remorso por contar cartas no 21 é igual a brigar para ter de volta o dinheiro do almoço e depois pedir desculpas ao troglodita que quis te roubar. Aliás, se você sentir qualquer outra coisa além da mais perfeita felicidade por passar a perna num cassino de merda ou num amigo de confiança, então você realmente merece jogar seu dinheiro fora, como bom idiota que é. Se ganhar dinheiro fácil de um cassino inescrupuloso (que despeja oxigênio no ambiente para você jogar mais tempo) ainda não for o bastante, isso também pode te ajudar a transar — seja com aquela puta que fuma um cigarro atrás do outro e está ganhando graças à sua ajuda, ou por ter grana suficiente para arrastar três garotas de uma vez no Chicken Ranch.

Contar cartas no 21 é uma estratégia usada para determinar se o jogador leva alguma vantagem sobre a banca. Mesmo quando se joga 21 usando a estratégia mais básica, a vantagem da casa é de 0,5%. Mas contar as cartas pode garantir uma vantagem de 1% sobre a banca. Isso não tem nada de ilegal, embora muitos cassinos tenham o direito de te expulsar se acreditarem que você está usando essa tática. Aliás, é uma estratégia bem simples e, ao contrário da lenda popular, você não precisa ser nenhum gênio da matemática ou ter a cara do *Rain Man* do filme.

A lógica por trás de contar cartas é que você deve aumentar a aposta quando houver uma maior quantidade de cartas 10, ás, valete, dama e rei num baralho ou num conjunto de baralhos e apostar menos quando a quantidadede cartas pequenas for maior. Quando um jogador conta as cartas, ele anota mentalmente as cartas que estão sendo distribuídas e vai *aumentando* ou *diminuindo* o total da contagem.

O método matador

1. *Entenda essa estratégia básica do 21.* Se você já não conhece, pode imprimir da internet uma tabela do tamanho de uma carteira e levar para a mesa.
2. *Espere o crupiê começar um baralho novo,* ou um novo conjunto de baralhos, antes de começar a jogar.
3. Faça sua primeira aposta e *comece a sua "contagem" do zero.*
4. *Subtraia* um ponto (-1) para cada 10, valete, dama, rei e ás que for aberto na mesa.
5. *Some* um ponto (+1) para cada 2, 3, 4, 5, 6 ou 7 que for aberto na mesa.
6. *Sua pontuação continua a mesma* para cada 8 ou 9 que for aberto.
7. Quando a contagem for "positiva", isso significa que existe uma proporção de 10, valetes, damas, reis e ases maior do que o normal, e por isso você deve *fazer uma aposta maior.*

Por que você ganha

Quando a contagem está positiva, você tem uma chance muito maior de vitória.

- A banca vai estourar mais vezes. *As cartas baixas não só diminuem as suas chances de ter uma boa*

Figura 13. Depois de virar um ás na contagem de cartas, aproveite o dinheiro para pedir três garotas de uma vez no puteiro.

mão, como também ajudam a banca a ter cartas mais *flexíveis*.

- *O jogador* que paga 1,5 para 1 *tem mais chance de fazer o 21*.
- *O jogador tem mais chance de receber mãos melhores nas jogadas iniciais.*
- *O jogador tem mais chances de ganhar apostas nas quais fez um "seguro".*

Entre os sistemas mais avançados de contagem de cartas estão o Hi-Lo, o Hi-Opt I, o Hi-Opt II, Zen Count e Omega II.

LENDAS MALDITAS

Ken Uster

Ken Uster ganhou legalmente mais de US$ 12 milhões em cima de cassinos usando uma técnica brilhante de contar cartas em equipe. Aí, os cassinos o expulsaram. Mas ele não ficou intimidado: se disfarçou (primeiro como motorista de caminhão) e ganhou outra bolada. Mas quando foi pego em seu disfarce e mais uma vez reprimido, Uster mudou de tática e, por sua vez, dobrou os cassinos de uma maneira totalmente diferente: ele os processou por expulsar um "jogador de alta técnica" das mesas, ganhou a causa e teve permissão de voltar a ganhar o dinheiro dos caras.

14. Como roubar no pôquer

Se você for um desses caras que gosta de jogar pôquer e de dar um murro na parede depois de perder uma mesa de dois reais, então você realmente deve passar a usar algumas das táticas descritas a seguir. Ser fera no pôquer significa ler as mãos dos adversários e ter peito para mandar ver. Portanto, se você tiver estômago de verdade para literalmente ver as mãos de seus adversários, este capítulo é para você.

Apostando menos

Erros acontecem, e digamos que você ponha menos fichas do que deveria na mesa. Se alguém provar que você apostou menos, diga apenas que tudo não passou de um simples engano.

A olhadinha

É fácil ficar todo tenso quando se passa a noite inteira numa mesa de jogo. Estique o pescoço como se estivesse se alongando, para ter uma boa visão da mão do jogador a seu lado, ou então deixe cair uma ficha no chão para dar uma olhadinha ao se levantar. Também vale a pena conferir a última carta do baralho enquanto o crupiê estiver dando as cartas. Se alguém o pegar no ato, olhe fundo nos olhos dele e diga que ele está mentindo.

O fiscal da mesa

Você já pulou fora da mão, mas quem disse que você não pode mais ganhar uma graninha? Como você é um cara muito legal, se ofereça para ser o fiscal da mesa. Enquanto o jogo segue, conte o que está em jogo, arrume as fichas, mas, antes de passar o monte de fichas ao vencedor, não se esqueça de embolsar algumas delas para si mesmo. Há alguns adesivos sem cheiro que podem ajudar nesse método.

Troca de mão

Às vezes você não gosta nem um pouco da mão que recebeu. E é por isso que você pode trocar sua mão fedorenta por outra que tenha guardado escondida.

Passe de mágica

Todo mundo adora mágicos, e, praticando bastante, você pode fazer o dinheiro dos outros desaparecer! Uma pessoa bem-treinada em manusear cartas pode aprender a *chamar* as cartas que quiser ao dar a si mesmo ou a um cúmplice a segunda carta do baralho, a carta de baixo ou até a penúltima carta de um baralho. Para ter o máximo de controle sobre um baralho, você provavelmente terá de usar a "pegada do mecânico", por meio da qual você pega no baralho com o dedo indicador na frente. (Obs.: se você perceber que outra pessoa está usando esta técnica, dedure-a abertamente — porque se tem uma coisa que você não tolera são trapaceiros!)

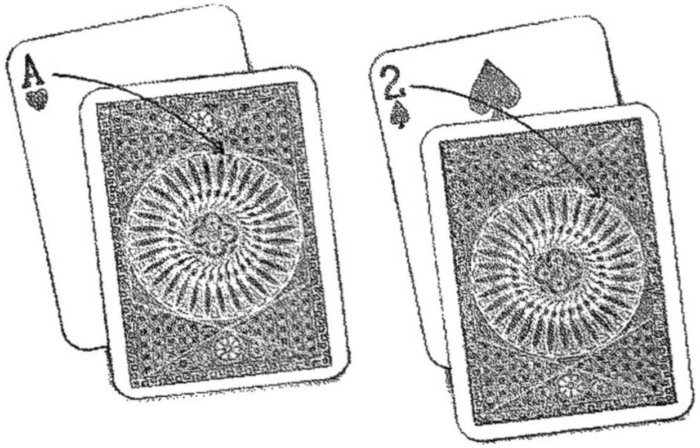

Figura 14. Se o verso das cartas tiver um desenho circular, use como se isso fosse o mostrador de um relógio e marque o número das cartas no sentido horário.

O golpe duplo

Você pode ter uma mão excelente, mas, se não tiver ninguém na mesa com um jogo pelo menos bom, seus ganhos serão mínimos. O *golpe duplo* acontece quando o crupiê prepara uma mão formidável para outro jogador que o mantém no jogo, mas, no fim, acaba perdendo para sua mão, que é melhor ainda.

O baralho frio

Algumas pessoas que gostam de levar vantagem são capazes de pôr na mesa, discretamente, um baralho feito sob medida para elas. Use suas técnicas de mágica e finja que está cortando o baralho, para garantir que tudo sairá como esperado.

Cartas marcadas

Ganhar no pôquer fica muito mais fácil se você, por ter marcado o verso, já souber o número da carta. Existem inúmeras maneiras de se marcar cartas. Aqui vão algumas das técnicas mais comuns:

- ***O relógio.*** Se o verso das cartas tiver uma figura redonda na estampa, você pode usá-la como se fosse um relógio. Por exemplo, você faz uma marquinha para o ás no lugar onde fica o 1, marca o 2 no lugar do 2, até colocar a rainha no número 12. O rei, nesse caso, seria uma carta não marcada.
- ***Sombreado.*** Você pode marcar algumas cartas no sol, talvez as valete, dama e rei, alterando ligeiramente a cor de trás.
- ***Tinta invisível*** é uma substância que pode ser colocada sutilmente no verso das cartas durante o jogo. Depois que você dominar essa técnica, poderá ver quais são as cartas do outro lado da mesa.

Conluio no pôquer

Isso acontece quando dois jogadores trabalham juntos para conseguir seus objetivos. As formas mais comuns de conluio são:

- ***Sinalizar.*** É quando, durante o jogo, dois jogadores combinam de mandar sinais um para o outro. Um método é arrumar as fichas de maneira tal que indique as cartas ou a mão de um jogador.
- ***Pegar leve.*** Quando um jogador não redobra a aposta contra o parceiro, para ajudá-lo a economizar dinheiro.

- ***Jogar alto.*** Quando dois jogadores prosseguem aumentando a aposta, num esforço para aumentar o monte em jogo e atrair jogadores inocentes para as apostas.
- ***Dumping.*** Quando um deles desiste, para deixar o parceiro ficar com o monte.

Pôquer on-line

Na internet, não dá para manipular ou marcar as cartas. No entanto, existem algumas técnicas bem eficientes para se roubar nesse tipo de pôquer.

- ***Conluio.*** Fazer um conluio secreto pela internet é muito mais fácil. Basta se cadastrar no mesmo site de pôquer e se sentar na mesma mesa. Joguem com os laptops na mesma sala e olhem as mãos um do outro. Ou simplesmente, durante o jogo, conversem pelo telefone discutindo as mãos.
- ***Bots.*** São programas que jogam por você, fazendo uso de análises estatísticas. Às vezes eles ganham, mas nem sempre, já que o pôquer não é uma ciência exata, como o xadrez.
- ***Queda de conexão repentina.*** A maioria dos sites de pôquer on-line oferece proteção para o caso de um computador desligar durante uma mão. Nesses casos, o jogador continua participando, mas não pode mais apostar; é como se ele tivesse ficado sem fichas. Você pode se aproveitar disso quando estiver numa mão em que não está mais com vontade de apostar. Basta se desconectar e ver como o jogo se desenrola, para ver se você ganhou.

15. Como ganhar nos dados

Eu conheço um cara que ficou tão puto com um cassino que prendeu um cateter ao pênis, escondeu o tubo debaixo das calças e, enquanto jogava dados, urinou no chão do cassino sem que ninguém percebesse. Ele continuou perdendo, mas talvez tenha sentido um gostinho de vingança. Na verdade, o cassino é que mija na gente. E a única maneira realmente boa de se vingar é tomando o dinheiro *dele.* Aqui vão algumas maneiras mais lucrativas de se vingar jogando dados.

Dados viciados

Compre um par de dados na lojinha do cassino e aprenda a batizá-los. Criar dados viciados deve ser só uma diversão, mas podem representar uma vantagem num jogo em que não haja fiscalização, seja no meio da rua, seja numa partida entre amigos.

- ***Modifique o peso.*** Acrescente ou tire um pouco de peso em certas áreas dos dados, para que eles caiam do jeito que você quer.
- ***Modifique as faces.*** Modifique uma quina ou uma das faces, para que eles caiam do jeito que você quer.

Figura 15. É melhor que as fichas vão para o seu bolso do que para um cassino asqueroso.

Pegando algumas fichas "emprestadas"

No cassino, se suas fichas estiverem acabando, você pode pegar algumas de seu vizinho. A melhor hora é quando chega a vez dele de jogar os dados e ele estiver apreensivo. Se você vai devolver ou não o que pegou emprestado, é um problema seu.

Fique amigo do crupiê

Esses caras são espertíssimos na hora de pagar as apostas. Por isso, é bom tê-los ao lado. O melhor jeito de isso acontecer, obviamente, é se comprometendo a dar metade de seus ganhos a eles ou enchê-los de prostitutas.

Arranje um amigo

Se puder, arranje um cúmplice para trabalhar na mesa com você. Ele ou ela pode distrair os outros jogadores enquanto você pega fichas emprestado deles. A pessoa também pode distrair um crupiê enquanto você põe mais algumas fichas em sua aposta vencedora depois que a jogada foi feita.

Pratique jogar dados

Pratique jogar dados colocando para cima os números que você quer, lance-os de tal maneira que não haja muita rotação e que os números desejados continuem voltados para cima. Alguns jogadores que realmente se esforçam conseguem esse feito. Se quiser, pratique numa mesa de dados de verdade. Você pode comprar uma de um fornecedor de cassinos ou até do próprio cassino.

16. Como não limpar o cocô de seu cachorro

A não ser que você deixe de alimentá-lo, seu cachorro nunca vai parar de cagar. Um cachorro que viva 15 anos fará com que você limpe quase 11 mil cocôs — uma missão impossível —, e por isso é muito importante usar algumas das táticas listadas abaixo.

Um aviso: um dia, uma parente minha deixou o cachorro fazer cocô no gramado de alguém e não tentou esconder nem limpar. Simplesmente deixou aquele cocô velho e malcheiroso por ali e foi para casa. Minutos mais tarde, a campainha tocou. Ela abriu a porta, e uma mulher com uma pá de jardinagem ficou exibindo aquele cocô quente na frente de minha parente. A mulher jogou o cocô na cara dela, enquanto gritava:

— Na próxima vez, vê se limpa essa merda!

É uma reação compreensível e que você deve utilizar se alguém deixar o cachorro fazer cocô em *seu* gramado.

De noite é a hora ideal... Quando sai para passear com o cachorro protegido pela escuridão — na calada da noite ou de manhã bem cedo —, você tem uma maior flexibilidade para limpar ou não a sujeira. Se não houver ninguém por perto (ou espiando pela janela), você pode simplesmente se afastar sem que ninguém perceba.

Cara de pau. Se tiver gente por perto, mas ninguém estiver prestando atenção na proeza que seu cachorro está fazendo no gramado do vizinho, então você pode usar a Cara de Pau ou o Golpe do Disfarce. Abaixe-se e finja que está limpando o cocô por uns dez segundos. Depois, volte a andar.

Cobertura. Cubra as fezes com galhos, folhas, tufos de grama ou pedras.

Figura 16. Se seu cachorro aprender a comer cocô, isso eliminará o transtorno de limpar a bosta dele, e você ainda poupa o dinheiro da ração.

Se mude para bem longe. Se seu cachorro já ganhou a fama de ser o porcalhão do bairro, então é capaz de você já estar sob muita vigilância dos vizinhos para usar um dos métodos acima. Por isso, talvez seu cachorro tenha que defecar em outro lugar. Encontre um local isolado para ele usar como privada. Pode ser atrás de um prédio público, numa viela, num bosque, numa área tranquila de seu próprio bairro, ou em qualquer lugar livre de espectadores.

Dando uma de louco. Se as pessoas tiverem medo de seus ataques temperamentais, então elas deixarão você e seu cachorro em paz — não terá a menor importância se você não limpar o cocô de seu cão. As pessoas ficarão aliviadas por você não pegar o cocô para esfregar na própria cara antes de dar início a um ritual de dança.

Enterrado vivo. Ao passear com o cachorro, carregue uma sacola cheia de terra ou de pedregulhos. Depois que ele terminar de evacuar, jogue tudo em cima do montinho e siga em frente. Se você tiver consideração suficiente para pegar a sujeira de sua máquina de fazer cocô, então esse é um passo perfeito para fazer uma maçaroca com a bosta antes de limpá-la.

Treine o cachorro para comer a própria merda. Todo cachorro tem dentro de si o potencial de comer o próprio cocô — eles só precisam ser treinados. Estimule seu cachorro toda vez que ele tentar comer as próprias fezes, e ele começará a desenvolver esse hábito com a maior empolgação. Com o tempo, seu cachorro acabará condicionado a aspirar a própria merda durante os passeios.

17. Como navegar de graça na internet

A internet não tem fronteiras, preconceitos nem limites. Tudo é uma questão de compartilhar o que é produzido por todos nós entre todos nós. É exatamente por isso que os zilionários da internet não deviam se incomodar de dividir um pouco da riqueza deles. Ter de pagar quantias por mês pelo resto da vida por uma coisa que todos nós deveríamos dividir é como ter de enfrentar a máfia. (Veja o Capítulo 26, "Como entrar para a máfia"). Você precisa se impor diante desses filhos da puta ponto-com. Aqui vão alguns métodos para navegar na internet de graça.

Caçando promoções

Muitos provedores oferecem internet de graça como uma maneira de convencer você a se cadastrar, comprar os produtos deles ou ver seus banners de publicidade. Fique pulando de um provedor para outro, até os períodos gratuitos se esgotarem. Algumas empresas estão sempre fazendo esse tipo de promoção. Você também pode entrar em The Free Site (thefreesite.com) para conhecer mais provedores grátis ou de preço muito baixo.

Apenas tenha o cuidado de cair fora antes que seu provedor o inscreva automaticamente no sistema e comece a cobrar as mensalidades.

"Compartilhe" o sinal de seu vizinho

Pegue seu laptop e comece a procurar um sinal de internet sem fio desprotegido e passe a usá-lo emprestado. Você pode argumentar até que é o sinal dele que está invadindo sua casa e que, portanto, você tem toda a liberdade de usá-lo; só está protegendo seu território. Se a única conexão que você encontrar for segura, você pode aprender a quebrar o código do software pelo Aircra-

Figura 17. Transforme sua internet gratuita numa máquina de ganhar dinheiro no pôquer on-line, fazendo um conluio com um amigo que jogue na mesma mesa virtual. (Veja o Capítulo 14, "Como roubar no pôquer".)

cking-ng.com. Se isso o deixa constrangido, também é possível fazer um acordo com seu vizinho e, em troca da conexão, aceitar fazer alguns trabalhos para ele, como consertos domésticos, limpeza do jardim ou lavar o carro dele. Se tudo o que você quer é só um desconto, basta perguntar se ele quer dividir a mensalidade por dois.

Caçando acessos livres

Visite lugares com Wi-Fi gratuito, como cafeterias, bibliotecas, lanchonetes, hotéis, shopping centers — lugares que não o obrigam a comprar nada —, e faça tudo o que tiver de fazer na internet nessas oportunidades. Considere-se uma borboleta social da internet. Esse método exige que você tenha um adaptador de rede sem fio. Se você não conseguir o sinal, vá até o caixa ou a recepcionista e peça o login e a senha; a pessoa geralmente vai informar.

18. Como fazer uma ligação direta

Lembra de toda aquela polêmica que cercou o game Grand Theft Auto, o GTA? As pessoas reclamaram que era violento demais e que incentivava um comportamento criminoso. A questão é que o jogo não ensina nem mesmo a roubar um carro direito; ele se aproveita de crianças que gastam a mesada com um jogo cujo título induz a erro. Defenda as crianças e ensine a elas os elementos básicos para se roubar um carro com as informações que estão a seguir:

Aviso

Compreenda que existe um risco real de se levar um choque nesse procedimento e que também há uma chance de você encontrar um mecanismo contra ligações diretas, o que pode impedir que você chegue ao fim do processo.

1. *Abra o capô e localize o lado positivo da bobina, que é vermelho.* A bobina se liga aos cabos de vela. Assim, você pode encontrá-la seguindo os cabos de vela até a bobina vermelha. (Ela fica na parte de trás do motor de carros com motor V-8; no centro à esquerda dos carros com motores de 6

cilindros; e no centro à direita nos carros com motores de 4 cilindros.)

2. *Acenda o painel instalando um fio adicional que vá do lado positivo da bateria até o lado positivo da bobina.* O painel precisa de energia para o carro poder funcionar.
3. *Junte o cabo positivo da bateria com o fio ao lado dele, chamado solenoide de partida.* O solenoide utiliza uma força eletromagnética para distribuir corrente elétrica para a ignição. Geralmente, ele fica em cima da ignição, mas, em alguns carros da Ford, pode ficar entre o para-lama e a bateria. Use um alicate ou uma chave de fenda para juntar os dois fios. É essa conexão que faz o motor ligar. (Veja se o carro está em equilíbrio antes de cruzar os

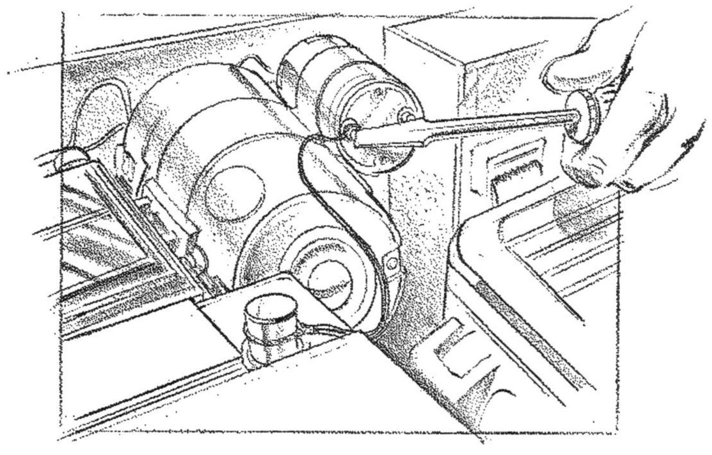

Figura 18. Deixe seus amigos de queixo caído fazendo uma ligação direta num carro. Um dos passos é cruzar o cabo positivo da bateria com o fio do solenoide de partida.

cabos. Se ele for automático, deve estar em park (P). Se a transmissão for manual, precisa estar em ponto morto, com o freio de mão puxado.)

4. *Destrave o volante.* Insira uma chave de fenda comum entre o volante e a coluna. Pressione a coluna e faça um pouco de força até soltar o mecanismo que trava o volante.

LENDAS MALDITAS

Liam Moynihan

Liam Moynihan adorava dirigir, especialmente num lugar tão bonito como a região do estreito de Puget Sound, em Seattle. Mas, como todo mundo sabe, dirigir o mesmo carro por muitas horas é cansativo. Por isso, para dar um pouco de emoção a seus idílicos passeios, usando apenas um martelo e uma chave de fenda, Moynihan fez ligação direta em 136 carros num período de seis meses, num ritmo alucinante de um carro roubado a cada 32 horas. Os carros que ele mais gostava de roubar eram Hondas e Subarus, talvez porque fossem os mais confiáveis.

19. Como forjar a própria morte

Uma mulher abominável, filhos irritantes, um cachorro pestilento, pagamentos de hipoteca, um chefe que gosta de humilhar os funcionários, colegas de trabalho insuportáveis... se você morre, tudo isso desaparece. E, se realmente quiser que todos se sintam péssimos, você pode fazê-los acreditar que eles são pessoalmente responsáveis por sua morte. Sua madrasta acabou de castigá-lo por uma coisinha à toa, como sair de casa sorrateiramente. E agora você decidiu se vingar — e também de seu pai, por ter se casado com ela — cometendo suicídio e dizendo que a culpa foi toda deles. Mande um bilhete de suicídio por e-mail para os dois (com cópia para todo mundo, incluindo nele um link para um discurso macabro e meio doido que você deixou no YouTube, sobre como eles trataram você injustamente).

Como é que você vai morrer? Vai ser suicídio? Ou você será assassinado? Vítima de um ato aleatório de violência? Ou um acidente?

Suicídio

Cometê-lo é difícil porque requer testemunhas... e um espetáculo. Você só tem algumas opções de suicídio que eliminam a necessidade de existência de um corpo. Pular de uma ponte é a situação ideal. Mas você precisa saber como conseguirá sobreviver a uma queda de uma altura considerável, arranjar uma fonte de oxigênio que o mantenha vivo enquanto foge nadando e uma roupa térmica para colocar debaixo da roupa comum, o que impedirá que você sofra de hipotermia durante a fuga. Pratique pular de pontes menores e pouco movimentadas, ensaie bem para o grande momento. No dia de sua morte, certifique-se de atrair a atenção de bastante gente, ficando na beira da ponte e gritando o quanto "todos eles se arrependerão quando eu acabar com tudo". Deixe as pessoas verem seu rosto, e talvez seja o caso de falar o seu nome em alto e bom som. ("Essa foi a última vez que eles atazanaram a vida do John Smith.") Depois que todos tiverem visto você — e ouvido o bastante para identificá-lo para um policial —, você estará pronto para saltar.

Homicídio

O assassinato tem de ser muito bem-planejado, porque você não quer fazer besteira alguma que leve uma pessoa inocente a ser apontada como suspeita. Experimente bolar um "assassinato de férias". Diga às pessoas que você simplesmente precisa viajar um pouco e tirar umas férias sozinho. Muitos países, como o Haiti, dão um atestado de óbito em troca de algumas centenas de reais como suborno. Faça com que o documento seja enviado aos devidos membros de sua família e saia limpinho de sua vida.

Ato aleatório de violência

Espalhe por aí que você acabou de comprar um relógio novo, pneus de liga leve para o carro ou qualquer bem material que atraia interesse de ladrões. Vá até uma parte da cidade que seja considerada "fétida" ou "perigosa" e ponha um dos dois planos seguintes em ação:

- ***Latrocínio:*** quando você estiver num lugar ermo da rua, jogue fora os tais pneus de liga leve, o rádio, sua carteira e outros objetos de valor. Isso feito, quebre a janela do lado do motorista e jogue um pouco de sangue no banco do motorista e no volante. Espirre um pouco do sangue no painel, no banco e na janela do passageiro, tal como no para-brisa (no interior do carro), com o intuito de criar um padrão para as manchas de sangue. O objetivo é atribuir sua morte a um tiro ou a uma forte contusão. Se quiser ir aos extremos, deixe um dente caído no lugar. Depois de criar a cena do crime, ligue para a emergência e fale, em estado de pânico, coisas sem sentido para o operador. Assim que ficar claro que você está sendo assaltado por estranhos e que teme que sua vida esteja em perigo, pode desligar, fugir e dar início a uma nova vida.
- ***Sequestro e carro incendiado:*** Siga os mesmos passos acima; crie uma cena do crime escabrosa, mas depois toque fogo nela. O método ideal de colocar esse plano em ação é encontrando um corpo parecido com o seu. Se não conseguir um, então você terá de improvisar. Esparrame um pouco de sangue, deixe uma peça de roupa no carro, as chaves na ignição, e jogue fora tudo o que você tem de valor. Quando ligar para a emergência, sua voz deve estar fraca e desorientada. Diga ao atendente que ladrões

roubaram seu carro e suas coisas. Despeje gasolina no carro, taque fogo e desapareça.

Você foi sequestrado

Desapareça por alguns dias e se esconda num local isolado. Use um telefone público local para ligar apenas uma vez para sua família. Você pode encarnar o papel de um sequestrador brutal e pedir um resgate, ou usar a própria voz (aterrorizada) para explicar que foi sequestrado (e que o sequestrador está exigindo uma quantia exorbitante para libertá-lo). Depois da ligação, você estará livre para começar uma vida nova, enquanto seus parentes temerão o pior.

Acidente no mar

Vá para um local de praia ou uma lagoa, e passe algum tempo sozinho, mas informe à família onde você está. Se você simulará um afogamento, então deixe o carro estacionado perto da água e desapareça usando um carro de fuga que você tenha escondido nas imediações do local. Deixe alguma coisa na praia, como uma toalha ou óculos de mergulho, que seus entes queridos identificarão como sua. Depois que seu carro não sair do lugar por alguns dias, sua família começará a pensar que você não conseguiu sair de dentro d'água. Se quiser forjar um acidente de barco, siga os mesmos passos anteriores, mas inclua um barco virado e uma mochila ou um cooler boiando na água. (Só não dê pistas à sua família de que talvez você não volte da água. Se for para demonstrar alguma coisa, você deve estar *muito confiante*; você não corre perigo algum quando entra sozinho na água.)

Coincidência macabra

Se você tiver a boa sorte de haver um desastre natural onde você está, vá até o epicentro da destruição e deixe alguns de seus pertences com sua identificação entre os escombros. Quando os bombeiros procurarem nos destroços, o colocarão entre os mortos.

Figura 19. Um falso sequestro é uma ótima maneira de se dar início a uma vida nova.

Como dar início a uma nova vida

- *Rompa todos os laços com velhos amigos, família, colegas de trabalho e seu antigo estilo de vida.* Se você está criando uma nova identidade sozinho (sem a ajuda do governo), então você terá de lidar com algumas pessoas nada idôneas que fornecem identidades pela internet ou forjam uma de papel. Também é uma opção ficar mudando de nome constantemente.
- ***Pela internet:*** Existem muitas fontes de identidades falsas na internet, no porão de um cara que conhece outro cara, em depósitos de gráficas e assim por diante. Procure obter uma referência e certifique-se de que você pode mesmo confiar nesse fornecedor de identidades falsas. Antes de se comprometer com qualquer coisa, inspecione pessoalmente a qualidade das identidades e nunca deixe as pessoas saberem seu verdadeiro nome. Pesquise sua nova identidade e tenha certeza de que você não está sendo procurado pela justiça. Use essa nova identidade com discrição. Se a identidade for falsa, você deve querer ter o mínimo de registros possível e se manter longe dos formulários de impostos. E evite ter muitos cartões de crédito.
- ***Criando uma verdade:*** Vasculhe os cemitérios atrás de nomes de pessoas mortas que tenham o mesmo ano de nascimento das requisitantes. Eles criam falsas certidões de nascimento e as usam para conseguir uma carteira de habilitação.
- ***Mudando constantemente de identidade:*** Você pode passar o resto da vida utilizando uma série de nomes diferentes e se tornar um vigarista

impiedoso e sem coração, depois de forjar a própria morte. Isso poupa a amolação de ir atrás de documentos novos, de um emprego estável ou até mesmo de uma casa nova.

LENDAS MALDITAS

Timothy Dexter

Antes de Timothy Dexter forjar a própria morte, ele já cumpria uma lendária trajetória. Enquanto algumas pessoas fingem estar mortas por razões financeiras, Dexter, um homem notoriamente ignorante, já tinha ganhado uma fortuna numa série de negócios considerados estúpidos pela elite, mas que o deixaram extremamente rico. (Por exemplo, em 1780, ele investiu na baixíssima moeda continental, que logo ficou valorizada; ele também vendeu gatos vira-latas em ilhas do Caribe.) Mas aí, a esposa começou a pegar muito no pé dele. Dexter se perguntou como ela reagiria se ele morresse. E assim, forjou a própria morte. No velório, Dexter ficou irritadíssimo quando viu que a esposa quase não tinha chorado ao lado do caixão. Por isso, fez o que qualquer marido faria: voltou à vida só para poder lhe dar umas bengaladas. Muitas vezes.

20. Como ter um caso extraconjugal

Sempre que um homem vem com aquele papo de "nós fomos programados para espalhar nossas sementes", certas mulheres rebatem com a teoria dos pinguins — mamíferos cujos machos passam a vida inteira fiéis a apenas uma parceira. Só que você é mais inteligente, maior e mais forte do que um pinguim. Portanto, foda-se o pinguim.

É claro que você quer ser fiel. Aí, para ter um pouco de variedade no sexo, você procura sites de pornografia na internet. Mas quando um pop-up indecente aparecer na hora em que sua filhinha de 5 anos estiver brincando no kidz.com, a inocência dela estará perdida para sempre, e sua esposa nunca o perdoará. E assim você se vê obrigado a não perder a postura, a se comportar como homem e a colocar a culpa daquele anúncio pornográfico em seu filho. No fim das contas, se você realmente for um homem de família, fará aquilo que é melhor para todo mundo: terá um caso.

Seja inteligente

Um caso nem sempre é sinônimo de "amor". Os casos mais fáceis de se esconder são aqueles entre desconhecidos que não têm qualquer relação fora do quarto do motel. Se você trair sua esposa com a secretária, você provavelmente será descoberto. Se trair com a cunhada, provavelmente será descoberto e ainda levará um esporro. O caso perfeito está no equilíbrio entre a paixão e o pragmatismo. O sexo em si é cheio de paixão e de novidade (isso é que é importante), mas, depois de vestidas as calças, você e o seu caso continuam cúmplices num ato clandestino e vil.

Estabeleça desde o início o que você busca com esse caso. Se for só sexo, então deixe claro desde o começo: "sexo, sem amarras." Certifique-se de fazer sua parceira entender essas regras, antes de qualquer coisa começar.

A parceira ideal

A parceira ideal é uma mulher estranha e gostosa, sem qualquer relação com sua vida. Você talvez queira até que seja alguém que o irrite, para que a relação nem tenha chance de virar um caso amoroso — o que pode acabar pondo tudo a perder. Se sua parceira é solteira e não tem interesse num envolvimento, essa é a situação ideal. Infelizmente, pouquíssimas pessoas se encaixam nessa descrição. A maioria das mulheres solteiras deseja se envolver com alguém. Você sempre deve ir atrás de quem tenha tanto (ou mais) a perder quanto você (para evitar complicações quando o rolo terminar). Portanto, pode ser mais interessante ter um caso com outra pessoa casada ou comprometida emocionalmente. Se você tiver dois filhos, então ela deve ter três. É claro que a pessoa traída pode pôr o relacionamento (ou você) em perigo. Por isso, combine com sua parceira que tipo de técnicas de enganação você pretende usar.

Sábios conselhos

- *Nunca use o telefone de casa, do trabalho ou o celular para ligar para sua amante.* Tenha uma segunda conta de celular (talvez até mesmo com um nome forjado) e use apenas esse telefone para ligar para ela.
- *Não use seu e-mail pessoal.* Se você for abrir uma nova conta de e-mail pela qual pretende se comunicar com sua amante, então nunca acesse esse e-mail do computador de casa, de seu celular ou de qualquer outro aparelho ao qual a sua mulher tenha acesso. Use um computador público de uma biblioteca ou de uma lan house (mas confira se você não está sendo perseguido por um detetive), ou então um computador pessoal ou notebook a que só você tenha acesso. Se sua esposa estiver espionando você ou usando algum software de monitoramento de computador, então ela poderá rastrear suas indiscrições, mesmo que você apague seu histórico de navegação, tenha um e-mail pessoal ou esconda ou apague seus arquivos. Talvez você precise usar softwares de privacidade para evitar qualquer chance de ser descoberto.
- *Não ponha as "despesas com o caso" em nenhum cartão de crédito que tenha o de sua esposa como adicional.* Arranje um segundo cartão de crédito para esse tipo de despesa. Esse é um cartão que sua esposa não deve nem saber que existe; portanto, mantenha-o longe de seus outros cartões. Mas também não vá escondê-lo na gaveta das meias, porque você não quer que nada seja secreto o suficiente para chamar a atenção.

- *Abra uma caixa postal* para onde esse novo cartão de crédito e a conta de seu segundo celular sejam enviados.
- *Não deixe pistas.* Se você comprar um presente de Dia dos Namorados que seu cônjuge nunca vá receber e um detetive descobre isso na fatura do cartão de crédito, aí ferrou. Pague em dinheiro, e o mundo nem lembrará que você existe. Nunca guarde recibos!
- *Não use motéis ou restaurantes locais.* Talvez seja até o caso de sair do estado para se encontrar com seu caso. Assim você talvez possa usar a desculpa da "viagem a trabalho" além de não ter encontros muito frequentes.
- *Nunca vá ao mesmo motel ou restaurante mais de uma vez.* Você não vai querer ser visto como um "habitué" num bar com outra pessoa que não seja seu cônjuge.
- Quando marcarem um encontro, não viajem juntos para o destino. *Você nunca deve estar no mesmo carro de seu caso,* pode acontecer um acidente ou alguém que você conheça pode ver tudo e contar seu segredo. No hotel, vocês também devem evitar fazer o check-in juntos. Reserve quartos separados com antecedência e se encontrem em um dos dois depois de fazer o check-in separadamente. (Se puder, use um nome falso para reservar os quartos — veja o Capítulo 6: "Como ter outro nome" —; seria o ideal.)

A vida com a legítima esposa

- *Não comente sobre o caso com ninguém.* Você não pode confiar nem em seu melhor amigo. Nem ouse pensar em registrar os detalhes do caso num diário ou num blog. Porra. Sua amante deve concordar em manter o mesmo nível de sigilo.

- *Mantenha uma rotina consistente.* Não abandone o cônjuge ou a família para ficar com sua amante. Não entre em contato com a amante quando estiver em casa ou às vistas de sua esposa. Quando você e seu caso se encontrarem, isso deve acontecer normalmente numa hora em que você não estaria em casa.
- *Finja estar interessado em sua esposa e nas banalidades da vida em família.* Escute as histórias de sua esposa, leve-a para jantar de vez em quando, planeje alegremente suas férias e continue transando com sua esposa.

Porém...

- *Não fique carinhoso demais ou retraído demais quando estiver com sua própria mulher.* Muitas vezes, o amor pela esposa e o sentimento de culpa por ter um caso levam uma pessoa a agir erraticamente. Não tente compensar isso enchendo sua esposa de presentes, fazendo viagens extravagantes ou pontuando cada frase com "eu te amo" (a não ser que essa já seja sua rotina). Por outro lado, não deixe de conversar em casa, não cancele seus planos nem fique irritável quando estiver com a família. Não fique olhando para o relógio como se preferisse estar em outro lugar. Alguns desses comportamentos são sintomas inconscientes de uma traição; portanto, preste atenção, o tempo todo, a suas linguagens corporal e verbal.

- *Não fique obcecado com a aparência.* Isso pode chegar a extremos inúteis como depilar certas partes do corpo que nunca foram depiladas ou mudar suas roupas ou o cabelo. E também inclui alterações mais simples, como novos aces-

Figura 20. É importante que você tenha com seu caso a mesma atenção que você tem com seu casamento. Não ande no mesmo carro que seu amante nem fique no mesmo motel duas vezes.

sórios e roupas íntimas, além de mais dez horas por semana na academia, por exemplo. Essas mudanças em sua aparência serão vistas como sinais de alerta por sua esposa. Se você estiver realmente decidido a mudar alguma coisa na aparência, então fale *antes* com sua mulher sobre esse desejo e o convença de que essa mudança é por você (ou para ela).

Relacionamento com a amante

- *Encontrem-se de vez em quando.* Esses encontros devem ser planejados com antecedência, para dar tempo de preparar um álibi para sua esposa.
- *Tente manter uma rotina de encontros.* Não tenha arroubos repentinos, porque qualquer comportamento impulsivo será uma pista para sua mulher.
- *Evite se relacionar intimamente e ter conversas de travesseiro.* Parte da vantagem de se reservar dois quartos no mesmo hotel é a possibilidade de *dormir* separados depois que o ato for consumado.
- *Nunca use nomes carinhosos ou fique meloso demais ao falar com sua amante.* Isso pode acabar descambando para o romance, que é um terreno muito perigoso.
- *Reduza as conversas e os e-mails ao mínimo possível.* O ideal é planejar o próximo encontro quando estiver terminando o anterior, o que eliminará qualquer necessidade de se comunicar por telefone ou e-mail.
- *Não guarde lembrancinhas do caso.* Leve uma muda de roupa para o motel e tome um banho

completo antes de voltar para casa, porque você não quer ter cheiro algum que indique uma transa recente (ou o perfume de outra pessoa no corpo).

- *Gaste o mínimo possível.* Você não vai querer que sua amante espere grandes presentes ou jantares de sua parte, porque as coisas podem ficar feias quando você parar de propiciar tudo isso.
- *Quando estiver na hora de por um ponto final no affair, seja gentil, mas aja com firmeza.* Não dê uma de esperto na hora de terminar, porque você não vai querer que sua amante informe à sua esposa que você tem uma vida dupla. Se você escolher bem seu caso, deve ser razoavelmente fácil pôr um fim em tudo.

(Se você suspeitar de que está sendo perseguido por um detetive, então consulte o Capítulo 10, "Como escapar de um perseguidor".)

21. Como descolar uma comidinha grátis

A Bíblia Sagrada lembra que o bom Deus criou toda sorte de alimentos, para que todos comessem, mas não está escrito em lugar algum que você tenha de pagar por isso. Este capítulo não inclui a famosa técnica de "pegar e sair correndo", que seria um roubo puro e simples. Isso não quer dizer que você não possa dizer para uma hostess que hoje é o aniversário de seu amigo, para ganhar o bolo da sobremesa. Só cuide para que todos os garçons estejam lá para cantar, contrafeitos, o "Feliz aniversário" em uníssono.

Amostras grátis

- *Faça todo o circuito de amostras grátis do supermercado ou do shopping center.* Talvez você até dê sorte de encontrar quiosques distribuindo amostras de produtos para todo mundo, mas, mesmo que ninguém esteja distribuindo comida por livre e espontânea vontade, você pode pedir. Vá até os balcões de fast-food que tenham uma bancada de comida e peça para provar algumas coisinhas antes de fazer seu pedido.

Figura 21. Ajude-os a vender seus produtos aceitando o que eles oferecem de graça.

Depois de provar tudo que der, diga que nada pareceu muito interessante e vá para o próximo ponto. Peça para provar queijos, carnes ou qualquer acompanhamento que apareça no balcão do açougueiro para o "ajudar a decidir". Faça com que frutas, cerejas, ingredientes de uma salada, pães, nozes e granola dos balcões se transformem em petiscos gratuitos no supermercado enquanto você faz sua peregrinação em busca de amostras grátis.

- *Localize frutinhas, nozes e verduras que são comuns em sua região e faça a colheita na estação.* Informe-se sobre os alimentos típicos de sua região e procure as árvores ou os arbustos de onde eles são colhidos. Goiabas, amoras e jabuticabas geralmente são próprios de regiões rurais e até de acostamentos em estradas. Outras árvores frutíferas também são muito comuns em lugares públicos. Há muitas plantas que também são comestíveis, como dentes-de-leão, ervas-dos-cancros, sassafrás, cardos, hemerocales e amentilhos. Fale com os botânicos locais e pergunte como é que se faz para transformar essas plantas, que dão em toda parte, em saborosos petiscos ou até mesmo num pequeno jantar.

- *Vá a um restaurante chique e diga ao garçom que você está esperando um amigo.* Encha a pança com a cesta de pães. Então, chame o garçom às pressas, diga que seu amigo sofreu um acidente e que você precisa sair imediatamente. No meio dessa performance dramática, ofereça-se para pagar o couvert. Quando o garçom se recusar, saia de estômago cheio sem ter pagado nada.
- *Hora da faculdade:* localize as cafeterias das faculdades e dos prédios comerciais de sua região com o maior bufê e a menor segurança. Ponha um pouco de comida no prato (ou ponha muita, dependendo de quanto você estiver disposto a se arriscar) e vá até o caixa. Invente ter esquecido o dinheiro no escritório, no alojamento da faculdade, no carro ou na sauna dos executivos, e preencha uma nota promissória. Esse truque só pode ser usado uma vez, portanto nada de voltar ao mesmo lugar.

Refeições

- *Crie uma horta de furtos.* Separe um trecho de seu jardim ou faça uma jardineira na janela para plantas que produzam alimentos. Afane algumas sementes — os mais ousados podem afanar mudas inteiras de hortaliças — da loja especializada mais próxima de sua casa. Peça a alguns amigos para ficar com partes das verduras deles e transplante-as em seu jardim. Logo você terá uma série de verduras e ingredientes para salada, pelos quais não teve de pagar quase nada. Um conselho mais amoral diria para você simplesmente roubar as plantas dos vizinhos e depois espalhar a história de que os cervos e as ratazanas estão cada vez mais vorazes. Mas ser ousado não significa lucrar com o prejuízo dos outros.

- *Dê uma de consumidor irritado.* Você precisa ter um estômago muito forte para se tornar uma daquelas pessoas temperamentais que só veem defeito em tudo e que exigem o dinheiro de volta ou algo de graça para apaziguar sua fúria. Se estiver comendo num restaurante, insista que quer ver o gerente e reclame da comida (não do serviço) no meio da refeição. Diga que ela não tem gosto de nada, que o molho está salgado demais, que a massa não cozinhou direito — qualquer coisa que faça o gerente pedir desculpas. O objetivo é deixá-los na defensiva até que se ofereçam para não cobrar coisa alguma pela comida. Se a primeira oferta for devolver o prato à cozinha, diga que você já comeu muito e que não quer que o cozinheiro precise preparar outra refeição. Uma resposta mais cretina seria: "não confio em nada do que eles fazem lá dentro." Mas vá devagar. Você tem de parecer insatisfeito, porque, se quiser partir para o confronto, o gerente não terá a menor vontade de aplacar a fúria de um total idiota.

Entre na festa

- *Entre em um churrasco de fundo de quintal cheia de gente e file alguns hambúrgueres* enquanto se mistura a pessoas totalmente estranhas. Diga a todo mundo que você está com o João.
- *Participe de congressos com comida na hora do trabalho* (não precisa ser sempre no prédio de *seu* escritório — pesquise eventos corporativos, veja quais são os empregados que sempre aparecem à tarde com as maiores manchas de molho na camisa e arranje uma cópia da agenda deles). Se você estuda, as universidades sempre têm eventos com lanches.
- *Entupa-se de comida em reuniões e recepções em hotéis e salões de festas.* Sempre tenha uma identidade falsa em mente quando participar desses eventos. Se as pessoas começarem a fazer perguntas, você precisa dar uma resposta que as satisfaça, impressione ou faça ficar com nojo e te deixar em paz.
- Essa opção pode ofender certas pessoas, mas você pode fazer o *circuito das festinhas de criança.* Essas festas quase sempre têm pizzas e bolos sem a menor vigilância, e sempre tem algum pai por lá que ninguém conhece. Você sempre pode ser a mãe reclusa da Kaitlin que vai "sair da festa assim que terminar de comer esta pizza. Pena a gente não poder conversar mais..."

Bônus

Feliz aniversário o ano inteiro: entre para os programas de fidelidade de lojas e restaurantes e ponha um dia de aniversário diferente em cada formulário de cadastro. Acompanhe onde você deverá celebrar seu aniversário naquele mês e vá curtindo os benefícios de uma comemoração sem fim. Muitos restaurantes oferecem refeições de cortesia aos membros do programa no dia do aniversário, e algumas lojas dão descontos e brindes.

22. Como disfarçar o cheiro da maconha

Pense em quanto tempo nós já perdemos na vida preocupados com o cheiro da maconha. Quantos clássicos os Beatles ou os Men Without Hats teriam composto se tivessem tido todo esse tempo perdido para eles? Os índios norte-americanos nunca precisaram perder tempo disfarçando esse cheiro e tinham uns vinte deuses — muito mais produtivos do que nós, moralistas religiosos, que só inventamos um.

O básico

- *Tente encontrar um lugar isolado*, sem muito vaivém de pessoas durante o dia.
- Depois que você se isolou nesse espaço, *use uma toalha úmida para vedar o vão sob a porta.*
- *Cubra o cabelo* com um chapéu ou, se tiver cabelos compridos, faça um rabo de cavalo.
- *Abra as janelas* e ligue um ventilador antes de acender o baseado.
- Posicione-se de maneira que *a fumaça saia pela janela* (para ter certeza de que a fumaça não entrará nos outros cômodos do edifício, feche todas as outras janelas que você puder).

- Depois que parar de fumar, *mude de roupa, escove os dentes (ou masque um chiclete)* e tome as medidas que você já adota normalmente para os seus olhos não ficarem vermelhos. Passe um pouco de creme no cabelo e tire o chapéu ou o que quer que tenha usado para cobrir o cabelo.
- As *roupas que você usou ao fumar devem ser colocadas,* imediatamente, *num cesto ou num saco lacrado.*
- *Acenda velas ou incenso* enquanto o ambiente estiver arejando. Quando estiver para sair do quarto, passe um pouco de óleo aromatizado no pescoço.

O método do rolo

Muita gente usa um rolo, ou um tubo de papelão (desses que vêm no meio das toalhas de papel), com uma flanela antiestática presa na ponta; ela faz o papel de um filtro refrescante. Você traga, pega o rolo e expira no tubo. Isso não quer dizer que a fumaça vá ser totalmente disfarçada por aroma de montanha, mas o cheiro dela diminui um pouco.

Segure o rolo na janela e veja se o vento está levando a fumaça para longe de casa. Se você tiver cortinas, amarre-as sobre a moldura com uma cordinha ou uma fita, para elas não ficarem impregnadas com o cheiro. Tente impedir que a fumaça tenha contato direto com qualquer tecido exposto no quarto.

Disfarçando cheiros

- ***Incenso:*** Não escolha uma fragrância muito forte — sândalo, jasmim, patchuli ou qualquer

Figura 22. O método do rolo: um rolo desses de papel toalha, com um filtro de tecido.

aroma amadeirado é perfeito. Não queime baunilha francesa ou algo que não seja natural, porque isso não vai combinar direito com a maconha.

- ***Óleos de aromaterapia:*** A fragrância geralmente é forte, mas agradável. Também aqui, use aromas orgânicos.
- ***Velas aromatizadas:*** Não são muito recomendáveis, mas as da marca Glade podem ser eficazes se o aroma for adequado. Não use velas com aromas florais, de canela ou de alimentos.
- ***Perfumes e colônias:*** Não use perfume nem colônias, porque isso só faz o cheiro da maconha

ficar mais forte. Você não quer que um cheiro mais forte predomine; pelo contrário, você quer criar um conjunto de aromas que se misturem e se harmonizem com o cheiro. Se precisar mesmo usar desodorante, use um natural ou de cânhamo.

- ***Purificador de ar:*** Proibido pelas razões anteriores.

23. Como chupar gasolina

Quer alguns litros de gasolina grátis? Vá até um ferro-velho e chupe um pouquinho. Infelizmente, às vezes você não tem gasolina nem para isso, e aí precisa parar no estacionamento de um shopping ou de um hospital e tirar de lá a gasosa. Encontre um lugar e espere um carro estacionar. Aguarde os ocupantes sumirem de vista e aí você deve ter tempo suficiente para pegar emprestado o que precisa para ir até seu próximo destino. Se ficar com a consciência pesada, escolha um Porsche — o tipo de gente que possui esse carro tem dinheiro de sobra, se não tiver, então não devia dirigir um Porsche.

O método rápido: a chupadinha

1. *Insira um tubo de plástico transparente* ou, se seus recursos forem mínimos, um canudo dentro do tanque de gasolina e mergulhe-o abaixo do nível do combustível.
2. *Sopre no tubo* para ter certeza de que a gasolina foi alcançada. Se você ouvir um borbulhar, isso quer dizer que sim. Se o tubo bater em alguma coisa sólida, então tente inseri-lo de outro ângulo.

3. *Tire o tubo e verifique a ponta* para ter certeza de que ele entrou em mesmo em contato com a gasolina. Então, recoloque-o no lugar e comece a chupar.
4. *Cuspa a gasolina num balde.*
5. Depois que o balde tiver a quantidade pretendida, leve até seu carro, *ponha um funil no tanque de gasolina* e despeje o líquido lá dentro.

Método dos especialistas: os feras

1. *Usando tubos de plástico, crie uma mangueira de dois metros.*
2. *Ponha a mangueira no tanque de gasolina* e mergulhe a ponta abaixo do nível da gasolina. Para ter certeza de que ele está no lugar certo, sopre pela parte aberta da mangueira e ouça se um barulho de bolhas vem lá de dentro.
3. *Faça um U com a mangueira.* Deixe-a saindo do tanque em direção ao chão e depois volte a elevá-la acima do nível de combustível do tanque para onde você quer passar a gasolina.
4. *Chupe a gasolina.*
5. Você perceberá que *a gasolina desce por um dos lados do U* e depois vai parar no mesmo nível do tanque de combustível do outro lado do U. Ela vai continuar nessa altura até a ponta livre da mangueira ficar abaixo do nível do tanque de combustível.
6. Enquanto a ponta livre da mangueira estiver elevada, *pegue um balde e ponha essa ponta dentro dele.*
7. Vá baixando a mangueira aos poucos e o balde abaixo da linha de combustível e *deixe a gasolina entrar no balde.*

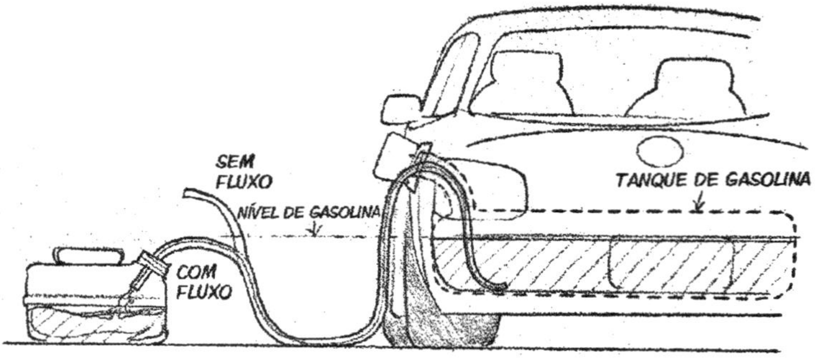

Figura 23. O preço da gasolina nunca foi tão baixo.

8. Quando tiver gasolina suficiente, *eleve a mangueira para endireitá-la* (talvez você precise subir numa escada ou numa cadeira) e deixar o resto da gasolina voltar para o tanque original.

Mecanismos antissucção

Muitos carros modernos são desenhados para impedir esse furto de gasolina. Existem mecanismos de anticapotamento e de defesa contra sucção, que impedem vazamentos de combustível no caso de um acidente. Se sua mangueira sempre deparar com algum tipo de resistência ao tentar um dos procedimentos acima, então você pode estar diante de um mecanismo que impeça que a gasolina seja sugada.

Há algumas maneiras de se driblar esses mecanismos, mas nenhuma delas tem resultados garantidos. Isso dependerá de o quanto o carro é resistente e de sua habilidade manual.

1. *Retire o tanque de combustível* e tire o tubo de gasolina. Ponha o tanque num banquinho ou em

qualquer apoio elevado e incline o tanque para o lado, a fim de fazer a gasolina sair pela abertura do tubo.

2. *Desconecte a mangueira que leva a gasolina ao motor,* que sai do tanque de combustível. Ponha a ponta da mangueira em um balde e então encontre a caixa de fusíveis da bomba de combustível no capô, do lado do motorista. Usando os fios que acionam a bomba de combustível, ligue a bomba, e a gasolina será jogada direto no balde.

LENDAS MALDITAS

Chad Storey

Se as técnicas de sucção relatadas neste capítulo são consideradas uma espécie de introdução, esse bandido deu um verdadeiro curso de pós-graduação no assunto. Chad Storey tinha um comando no painel do carro dele que ativava uma bomba que chupava gasolina do tanque de combustível de outro carro direto para o próprio tanque. Enquanto ele ficava sentado no maior conforto em seu Dodge Ram "beberrão", só eram precisos uns seis ou oito minutos para encher todo o seu tanque de 76 litros. Até que um dia, enquanto estava ao lado de um furgãozinho azul, como quem não quer nada e fedendo a gasolina, ele acabou sendo preso por uns guardas. Verdade seja dita, a polícia ficou "extremamente impressionada com a engenhosidade" e com a sofisticação do sistema de sucção de Storey.

24. Como colar em provas

Analisar as entrelinhas de *Os Lusíadas* ou calcular o cosseno de um trapézio podem ser considerados essenciais por determinados professores, mas nada do que você aprender na escola será tão vital quanto como passar nas provas. Este capítulo oferece múltiplos caminhos para resolver o problema de não ser inteligente o bastante ou não ter se preparado o suficiente para tirar boas notas nos testes que a escola nos impõe. Apesar de ser muito bom ter uma educação completa, você se dará muito melhor concentrando seus estudos em assuntos que domine ou nos quais é mais interessado — ter um conhecimento especializado e afiado será muito mais útil no futuro. Mais importante, você deve gastar seu tempo fazendo uma social com outros alunos para incrementar sua habilidade de lidar com pessoas — que é uma técnica de que você realmente precisará ao correr atrás de um emprego no futuro. Outras são jogar pingue-pongue de cerveja, fumar baseados (veja o Capítulo 22, "Como disfarçar o cheiro da maconha") e fazer panelinhas.

Primeiro, você precisa descobrir qual é a metodologia que seu professor utiliza. Ele dá a mesma prova para todas as turmas? Ele muda as provas? Arranca o couro dos alunos? Todo mundo na turma recebe a mesma folha de respostas ou isso varia de aluno para aluno? Ou de coluna para coluna?

Provas iguais

O método mais fácil de se dar bem é quando as provas são iguais para todo mundo.

- Basta *criar uma corrente de cola* ligada a um aluno fera da turma em que o professor der a prova primeiro. O aluno vai fazer a prova, acertar tudo e passar as respostas aos vagabundos.
- Se a prova for grande demais para ser decorada, então *a primeira pessoa da corrente tira uma foto da prova com um celular que tenha câmera* e passa aos colegas por e-mail ou pelo próprio celular.
- A primeira pessoa da lista usa o velho truque do "não recebi a prova", convencendo o professor de que ele contou errado o número de pessoas naquela coluna; assim, ele fica com duas cópias da prova. Mais tarde, os picaretas *estudam uma das cópias* e pesquisam e decoram as respostas.

A lapiseira

Faça uma cola ou uma folhinha de respostas num pedacinho de papel, então enrole-o e coloque no compartimento de grafite de uma lapiseira; leve-a com você para o teste. Responda primeiro às perguntas que você sabe; então, finja que está colocando um grafite na lapiseira e leia discretamente as respostas na folhinha.

O segundo lápis. Escreva as respostas da prova num segundo lápis e ponha em sua mesa.

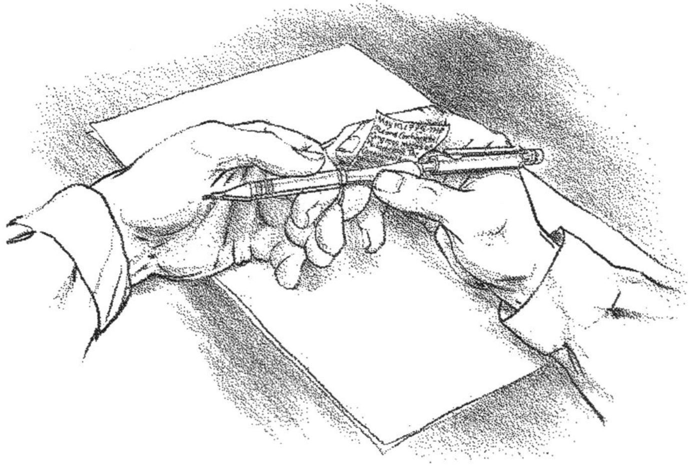

Figura 24. Ponha uma cola enrolada na lapiseira. Finja que está colocando um grafite novo e veja as respostas.

Livro do professor. Se der para saber que as questões das provas são baseadas no livro do professor, então compre esse livro e copie as provas, os exercícios e os trabalhos de casa.

A borracha. Pegue uma borracha. Retire um pedaço dela, no meio, sem que o corte alcance o outro lado. Faça uma cola e ponha no pequeno buraco que será formado. Depois, coloque a "tampa" formada de volta na borracha, deixando-a do jeito original (pode-se fazer isso dos dois lados da borracha). Na hora da prova, fique brincando com a borracha como se isso fosse um tique nervoso. Toda vez que você tirar a "tampa" da borracha, decore as respostas que estão na colinha.

O golpe do banheiro. Preparação: prenda com durex uma cola embaixo da tampa da privada ou na parte superior do vaso sanitário (acima do nível de água). Na hora da prova, vá até o banheiro e veja as respostas.

Cola anotada. Esse método funciona com garrafas de Coca-Cola, braceletes, elásticos para prender os cabelos, chaveiros incrementados, na pele, na parte de baixo das unhas, com restos de papel, nas roupas, em solas de sapatos, no interior de canetas, em capas de livros etc.

Sinais com os pés. Faça um acordo com um colega mais inteligente e invente um código de sinais com os pés para as respostas serem passadas.

A calculadora. Se tiver uma calculadora incrementada, você pode fazer um trato com um colega mais inteligente. Este registraria as respostas em código (a=1, b=2, etc., de modo que 12342312 = abcdbcab para as primeiras oito perguntas). Aí, no fim da prova, você pergunta ao professor se pode pegar emprestada a calculadora daquele aluno. Você precisará arranjar uma boa desculpa (como sua calculadora não funcionar e ele estar logo ali ao lado ou você só conhecer os comandos daquela calculadora) para convencer o professor.

Saia no meio da prova

- No meio da prova, *fique doente* e peça para terminá-la em outro dia.
- Planeje *ser chamado "de repente" no meio de uma prova* e sair da sala de aula (para esse truque, você precisará de um cúmplice).

Não entregue a prova

- Leve a prova para casa, estude e *nunca devolva.* Quando o professor alegar que você não entregou, diga que ele deve ter perdido e o convença a deixar você fazer a prova de novo.
- Leve a prova para casa, marque todas as respostas (mas erre uma, para dar mais credibilidade) e corrija imitando o estilo do professor (as curvas do X e das respostas certas, pontos de exclamação depois de um elogio etc.), sua caligrafia e a cor da caneta que ele usa. Mais tarde, quando o professor disser que não tem sua nota para aquele semestre, *mostre a prova corrigida* como garantia de que você fez e que recebeu uma nota.

Métodos de plágio

Copiar-colar. Busque várias fontes e misture todas elas. Não copie uma fonte por mais do que duas frases seguidas. Se estiver escrevendo sobre a história do Brasil, por exemplo, intercale os detalhes das diversas fontes num mesmo parágrafo.

Contratando um profissional. Pague para alguém fazer o trabalho por você, mas não compre esses trabalhos pela internet. Se for plagiar alguém de maneira responsável, você precisa saber os parâmetros de seu trabalho e sobre o assunto antes de delegar a outra pessoa a tarefa de escrever. Passe os critérios de seu professor ao escritor contratado e, depois de pronto, faça uma revisão no trabalho para ver se ele está dentro dos parâmetros que foram passados.

Plagie o professor. (Esse método normalmente é restrito ao ensino médio e às primeiras matérias de uma faculdade.) Anote algumas frases ditas pelo professor em sala de aula ou nos debates, dê uma nova formatação mantendo o mesmo conteúdo e transforme-as nos pilares de seu trabalho. Seu professor ficará felicíssimo de ver um trabalho estruturado ao longo de uma tese tão inteligente, ainda que um tanto familiar.

Plagie um aluno inteligente. Método igual ao anterior. Mas escolha bem aquele que você vai plagiar. Você não quer que ele seja uma anta, portanto cuide para que o tal aluno seja daqueles que impressionam bastante o professor ao se pronunciar.

LENDAS MALDITAS

Timothy Barrus

Timothy Barrus é um escritor de Michigan que começou a carreira escrevendo contos eróticos gays e romances sadomasoquistas. Naturalmente, esses primeiros trabalhos o deixaram com vontade de passar para o gênero de memórias de índios americanos. Só havia um probleminha: ele não tinha qualquer identificação com os índios nem uma experiência de vida da qual pudesse tirar inspiração para dar vazão a seu impulso artístico. A maioria dos escritores diria que esse caminho não daria em lugar algum, mas Barrus não era de desistir. Ele inventou o pseudônimo Nasdijj, que lhe deu uma identidade navajo e credibilidade aos olhos dos críticos literários de origem indígena. Ainda precisando encontrar a história pessoal de um índio americano para incorporar em suas memórias, ele pesquisou experiências autênticas em trabalhos de escritores indígenas como Sherman Alexie e Leslie Silko, então copiou e colou as narrativas deles nos próprios livros. Por muitos anos, seus livros foram um sucesso de crítica, até ele ser investigado e exposto como um farsante.

25. Como embelezar um currículo

Se as coisas chegaram a um nível tão ruim, que você precisa sair por aí pedindo emprego, então é importante ter um currículo. Há uma grande possibilidade de o entrevistador não ter nem mesmo seu nível intelectual; no entanto, é ele que vai avaliar *você*. Mas depois de ter ganhado o dinheiro do lanche, semana passada, importunando seus zé manés prediletos, você realmente percebeu que precisa do emprego. Com dicas para se construir um currículo como as que vêm em seguida, a entrevistadora não só ficará deslumbrada com você, como é capaz até de você sodomizá-la com o mouse dela.

Fato e ficção

O embelezamento de um currículo altera algumas sutilezas e mantém os fatos inalterados. Você não quer mentir descaradamente num currículo; a desonestidade pode ser punida, e fraudes no currículo não prescrevem, mas dá para mentir um pouquinho.

1. *Descubra o que seu empregador em potencial procura num empregado.* Se você vai representar, então deve entender seu público. Não há regra alguma

que diga que você precisa ter um único currículo. Se você estiver se candidatando a três empregos diferentes, analise a descrição dos cargos e modifique o currículo da maneira adequada para cada empresa.

2. *Enfatize as habilidades que você desenvolveu* em sua vida profissional. Mesmo que alguns de seus outros cargos não tenham sido muito notáveis, uma descrição criativa com alguns poucos exageros pode impressionar os avaliadores do currículo. Com isso, frentistas de postos de gasolina se tornam especialistas em serviços ao consumidor e facilitadores de trocas financeiras.
3. *Inclua realizações mensuráveis* na descrição de seus trabalhos. Ao explicar as funções que você desempenhou nas empresas anteriores, não seja vago. Dê exemplos específicos de suas atribuições. Você pode ter de inventar alguns fatos, mas a maioria de nós tem seus momentos de glória em que se basear. Você aumentou o faturamento da empresa? Inclua um valor em reais. Ganhou algum prêmio? Recebeu um elogio por um trabalho bem-feito? Fez algo para melhorar o ambiente de trabalho? Deu alguma contribuição inovadora para as operações da empresa?
4. Construa seu currículo em função de suas experiências *reais* e *evite exageros idiotas*. Exageros funcionam se utilizados com moderação, mas ficam cômicos quando excessivos. Não exagere nos títulos de seus cargos (secretárias não são chefes de operações administrativas; vagabundos que pegam carona em trens não são inspetores de locomotivas). Em vez disso, chame a atenção para

as habilidades exigidas pelos trabalhos e para os talentos que você desenvolveu. Mude apenas as sutilezas.

5. *Use palavras-chaves*, mas vá com calma. Algumas dessas palavras chamarão a atenção dos avaliadores e são vantajosas quando se manda um currículo pela internet. No entanto, se forem usadas em excesso podem fazer seu currículo parecer artificial.

Para uma lista completa de excelentes palavras-chaves, visite o site resume-builder.org (em inglês). Lá você encontrará algumas pérolas do tipo:

Palavras-chaves de A a Z

aconselhei	moderei
avaliei	negociei
cataloguei	nutri
chefiei	orcei
delimitei	orquestrei
desenvolvi	protegi
extrapolei	quantifiquei
facilitei	fui responsável por
guiei	solucionei
iluminei	testemunhei
lancei	transferi
me comprometi	verifiquei

Dicas

1. *Seja criativo ao redigir* seu histórico escolar. Se você fez alguns cursos, mas nunca se formou, então fo-

Figura 25. Elabore seu currículo com frases criativas. Você não foi só um caixa num shopping center. Na verdade, você "viabilizou trocas financeiras para uma loja que está entre as 500 Maiores Empresas do País".

que em seu objeto de estudos em vez de nos diplomas obtidos. Estágios e treinamentos são expressões muito vagas, portanto você pode encaixar alguns em seu histórico. Você passou por algum treinamento vocacional? Fez algum curso avançado no ensino médio ou na faculdade que você possa chamar de sua "área de concentração"?

2. *Mostre que você é uma pessoa completa.* Você já fez algum trabalho voluntário (mesmo que só por al-

gumas horas) ou é associado de alguma instituição filantrópica (mesmo que do lado receptor)? Isso pode ser incluído numa seção de "serviços à comunidade". Essa parte é composta pelos nomes das organizações seguidos pelas funções que você exerceu. Só isso.

3. *Não omita nada* que desequilibre a cronologia de seu currículo. Se você ficou um ou dois anos sem trabalhar, então explique essa falta. Você fez algum curso nesse "período de treinamento"?

SEÇÃO PARA CRIMINOSOS

26. Como entrar para a máfia

Se você for uma pessoa violenta, então arranjar um emprego na máfia pode ser lucrativo e compensador. Não é preciso muita educação, o trabalho é bem-pago, você usa um anel de ouro no dedo mindinho (e ainda é respeitado por isso) e tudo o que precisa fazer é explorar ou matar os outros; algo que você adora! O pessoal da máfia come bem e de graça, usa ternos sob medida, consegue os melhores lugares em eventos e espetáculos e ainda tem à disposição uma coleção de piranhas que dão mais que chuchu na serra. Em vez de trabalhar das 9h às 17h num emprego de merda, você trabalha em boates de striptease e passa o dia inteiro admirando peitinhos. Você é um cara importante — viaja a trabalho com todas as despesas pagas e passa mensagens "urgentes" a alguns de seus associados. Feito um médico, você tem de tomar decisões de vida ou morte no trabalho; consegue ver o que as pessoas falam e de que forma elas agem segundos antes de morrer — o que é fascinante e algo a que só pessoas de sua posição têm acesso; enfia pessoas aterrorizadas dentro de porta-malas e sai dirigindo com seus colegas, pulando sobre os quebra-molas e rindo adoidado. Também faz muito exercício — como cavar covas rasas para enrijecer os bíceps, tríceps e trapézios; aprende técnicas práticas de homicídio respeitáveis, como fazer uma execução com estilo, a arte de manejar uma picareta, jogar um corpo vivo num tonel de ácido sem derramar nada etc. E, se você tiver a sorte de se manter por tempo suficiente na profissão, pode acabar tendo a mesma segurança no emprego que um juiz da Suprema Corte.

Contatos

Fazer parte da máfia se baseia em contatos e em promoções vindas da própria organização. Você precisa conhecer um membro da máfia, ou um soldado, antes de começar a pensar em ser membro. Pense um pouco no que você pode oferecer a eles antes de querer se afiliar. Se você for só um brutamonte sem o menor talento, então pode até ser usado para fazer alguns trabalhos e depois ser esquecido — ou então lhe fazerem coisa pior. É preciso dominar um nicho específico que faça aumentar a receita da máfia. Você é um hacker brilhante? Um lutador talentoso? Um especialista em armas? Um promissor homem de negócios? Dono de um negócio que pode ter uma simbiose com a máfia? Um vigarista, falsário, ladrão ou especialista em lavagem de dinheiro com experiência no ramo? Pense na melhor abordagem e comece a se promover para seu elemento de ligação.

Informe a esse membro que você está interessado em virar um soldado ou associado e veja o que acontece. Se eles cogitarem recrutá-lo, provavelmente lhe darão uma tarefa inicial ou uma série de tarefas. Se você conseguir resultados satisfatórios, será um associado por muito tempo, para que eles possam aferir a lealdade, a competência e a força de seu caráter. Você não vai virar mem-

Figura 26. Matar alguém com competência é uma maneira inteligente de receber a aceitação de seus companheiros. Para matar rápido e em silêncio, aborde o presunto por trás e agarre a boca e o nariz dele com a mão espalmada, enquanto enfia uma faca na região do rim direito.

bro da máfia imediatamente. Tem gente que trabalha anos para a máfia e nunca vira membro.

Seja legal

Enquanto for novato, mantenha um relacionamento próximo e respeitoso com os superiores e cuide para que eles saibam de suas ambições de virar membro. Nunca encha o saco deles sobre seu intuito, apenas mantenha uma relação casual e deixe que eles tirem as próprias conclusões sobre seu futuro na organização.

Agora, vá lá e prove

Logo no início, pedirão que você cometa crimes verdadeiramente hediondos que não têm a menor ligação com sua especialidade. Um candidato a mafioso é cuidadosamente testado e supervisionado para que o grau de obediência, a discrição, as habilidades e o quanto ele é implacável sejam medidos. Quase sempre ele precisa matar alguém como prova de fogo. Muitos novatos morrem ou são presos antes de serem efetivados.

Prisão

Você também pode ser recrutado na prisão. O território da Máfia inclui as penitenciárias onde os líderes estão presos. Desenvolva uma ligação com um chefe ou associado na prisão, faça qualquer tarefa que lhe pedirem, e você pode estar a caminho de virar membro.

LENDAS MALDITAS

Richard Kuklinski

Em qualquer entrevista de emprego, é fundamental causar uma boa primeira impressão. Ao se apresentar para a Máfia, Richard Kuklinski foi uma estrela de primeira grandeza. Entrevistando o candidato Kuklinski de dentro de um carro parado na rua, o mafioso Roy DeMeo, da família Gambino, apontou para um homem qualquer que passeava com o cachorro e desafiou Kuklinski a matá-lo. Sem pestanejar, o aspirante foi até o sujeito e o matou com um tiro na nuca — e ali começava uma carreira extraordinária. Kuklinski realizou centenas de execuções para a máfia. Era um chefe criativo, que usava uma série de técnicas de assassinato — armas de fogo, facas, estrangulamento, cianureto e também seu método favorito: esconder as vítimas em cavernas reclusas e deixar que os ratos as comessem vivas. Para não ser capturado, Kuklinski matou quase todos os amigos que fez. Depois de trinta anos de carreira extremamente lucrativos, ele acabou sendo capturado — entregue pelo único amigo que ele não matou.

27. Como contrabandear drogas

Existem poucas experiências mais compensadoras do que viajar o mundo e se aprofundar em culturas estrangeiras. Se você não for uma pessoa rica ou não ganhou prêmio algum na televisão, uma boa maneira de viajar para o exterior — digamos, para o Paraguai, a Jamaica ou a Tailândia — é ficar amigo de um contrabandista e se oferecer para lhe fazer um favor. Aprender a fazer contrabando com estilo é um talento valioso que todos deveriam ter.

Talvez você já viva no exterior, ensinando um inglês meio capenga para as pessoas do lugar, e acabe sendo despedido por um pequeno deslize, como, digamos, passar a mão em sua aluna favorita. Mesmo assim, você quer prolongar sua estada. A arte do contrabando pode ajudar nesse ponto.

É importante saber como contrabandear de forma eficiente, caso você tenha feito um mau julgamento e agora não possa mais desistir. Talvez você esteja passando um tempo na Argentina, tenha fumado haxixe com um desconhecido e a droga tenha alterado temporariamente seu humor, seu comportamento e seu senso de lógica — quando se dá conta, você já prometeu traficar alguns quilos até Denver, como uma maneira de agradecer.

Você pode passar os produtos dentro de seu corpo, junto a seu corpo ou num recipiente. Lembre-se de só contrabandear um pouquinho de cada vez. Levar muita quantidade de alguma coisa fará você parecer suspeito, e a polícia vai acabar parando você.

O método do santo

Compre um santo de recordação, corte a parte de baixo e preencha-a com o material a ser contrabandeado. Junte as partes com cola ou massa de vidraceiro a fim de esconder a bagulhada. Você pode simplesmente mandar o santo para o endereço do destinatário (ou para o de um intermediário, que então revenderá o material para vários consumidores finais). Você também pode pôr o santo numa mochila em meio às roupas e a outros souvenirs, e despachar a mala no aeroporto antes de entrar no avião.

Misturado aos alimentos

Divida a droga em pequenas quantidades e esconda-as em pacotinhos de alimentos. Se a substância for em pó, jogue um pouco no fundo de um saquinho de Bon Gouter, deixando-o cheio de biscoitos, mas aberto em cima. Ou então separe o pó em saquinhos e insira-os entre as batatas chips da Pringles, colocando as embalagens na mala. Você também pode esconder a droga no interior de uma fruta. Não leve a comida aberta pelos pontos de checagem de um aeroporto ou por qualquer outro lugar onde possam exigir que você tire a comida ou o líquido dos recipientes. Ponha a comida numa mala que você vá despachar no aeroporto.

Outros métodos

Na aspirina. Ponha a substância em pó numa embalagem que dê a impressão de ser de um remédio que se compra em farmácia. As cartelas com os comprimidos devem ter o mesmo nome que aparece no frasco.

No próprio corpo. Colar o material no corpo é um grande risco, mas você pode implantá-los cirurgicamente nas

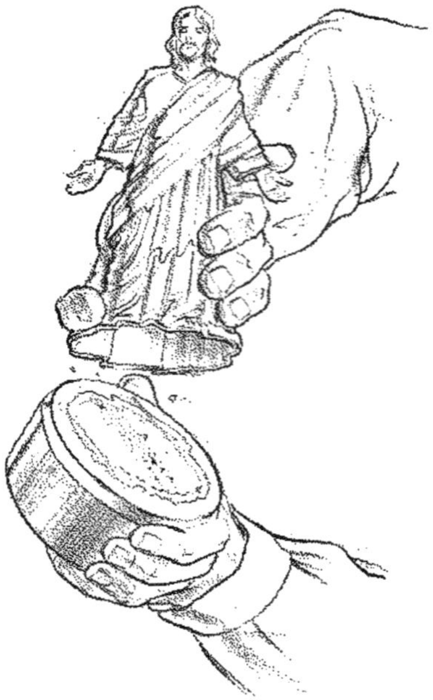

Figura 27. Arranje um santo qualquer com uma base pesada e destaque-a com cuidado...

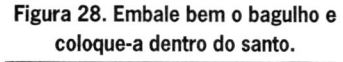

Figura 28. Embale bem o bagulho e coloque-a dentro do santo.

Figura 29. Junte as duas partes com cola ou massa de vidraceiro.

coxas. (Usar animais também é um método popular, mas há quem diga ser desumano.)

Acrílico. Ponha a substância líquida num acrílico e então use esse material para construir um objeto que você possa carregar ou despachar para o devido destino.

De carro

- Se você estiver levando a droga num carro, então *viaje com um animal.* Se um guarda mandar você encostar, o cão farejador se distrairá com o animal que está com você e pode acabar não percebendo a droga.
- *Viaje quando estiver chovendo*, porque haverá menos guardas na estrada.

- *Dirija na hora do rush* e misture-se ao fluxo de veículos. Não faça nada que vá chamar a atenção para seu carro.
- Se você estiver traficando num caminhão, *esconda a substância* debaixo das tábuas e encha o veículo com uma carga pouco convidativa para os guardas, como cobras, ursos, uma tonelada de esterco ou qualquer coisa nessa linha.

Se sua verba for mais alta, você pode até usar um veículo submarino para transportar a droga debaixo d'água. Mas isso só será viável se você já fez uma bela e lucrativa carreira como traficante.

28. Como falsificar dinheiro*

Não existe expressão mais americana do que "making money" (fazendo dinheiro). E, às vezes, devido a dificuldades financeiras ou injustiças, vale a pena fazer o seu. Digamos que todo ano você pague milhares de reais em impostos que vão para escolas, mas que não tenha filho algum. Por que você deveria pagar para educar o fedelho de alguém — que provavelmente ainda tem um nome de peste, como Micah ou Riley — e não ganhar nada com isso? E todo aquele dinheiro que você é obrigado a doar para o Seguro Social? Não parece que você vá ter qualquer retorno com ele. Por essas e muitas outras razões, "criar a própria moeda" é quase justificável. Melhor ainda, segundo um certo presidente do Banco Central, isso chega a ser bom para a economia de um país durante uma crise de liquidez. O governo despeja trilhões nos bancos e mesmo assim eles estão com medo de emprestar. Se suas falsificações de alta qualidade entrarem em circulação, você ajudará a desenvolver o comércio e pode até evitar uma depressão. Isso é que é patriotismo!

---

* As maldades deste capítulo são aplicadas ao dólar. (*N. do E.*)

O melhor de tudo é que você não precisa ser um técnico altamente qualificado com um porão cheio de impressoras offset para fazer as suas notas de 10, 20 e 50. Hoje, para ser um mestre do dinheiro, tudo o que você precisa é de uma tecnologia moderna e de um pouco de inteligência. Aqui vão duas técnicas com as quais você pode começar a fazer sua própria grana.

O método da lavagem

As pessoas às vezes são pegas porque o papel usado não bate com o de uma nota verdadeira ou porque a moeda não passa em testes de detecção como a caneta eletrônica e as marcas-d'água. O *método da lavagem* o ajuda a acabar com essas suspeitas e ameaças em potencial. Não pense que é falsificação; pense nisso como uma obra de arte.

Você vai precisar dos seguintes objetos e ingredientes:

Um ferro de passar e a tábua
Alvejante
Acetona
Água oxigenada (3%)
Um copo de medidas (em ml)
Uma tigela
Notas de 1
Luvas de borracha
Máscara protetora
Lenços de papel
Uma bancada dura e lisa
Envelopes tamanho A4
Um livro pesado, como um dicionário
Imagem computadorizada de uma nota americana de 1968 (frente e verso), cujo valor você pretenda copiar

(Recomenda-se as de 5, 10 e 20, para não despertar suspeitas)
Scanner e impressora

Fase 1: Preparação

1. *Passe a ferro as notas de 1 até elas estalarem.* Cuide bem para elas não terem dobras ou ranhuras. Use apenas notas que estejam em perfeitas condições.
2. *Ponha 500 ml de alvejante na tigela.*
3. *Ponha 500 ml de acetona na tigela.*
4. *Ponha 500 ml de água oxigenada na tigela.* Você notará uma reação química efervescente, que faz o líquido borbulhar. Essa mistura fará a tinta soltar da nota.
5. *Ponha as máscaras e as luvas de borracha.* Inalar o cheiro dessa mistura pode ser tóxico.

Fase 2: "Lavando" as notas

1. *Mergulhe a nota de 1 na tigela* por dez minutos.
2. *Ponha a nota para secar na bancada lisa.*
3. Use um lenço de papel e, fazendo movimentos circulares, *limpe com cuidado a tinta da nota de 1.* Você terá de repetir esse passo umas três ou quatro vezes — basta mergulhar a nota na mistura por dois minutos — para tirar toda a tinta. Quando você terminar, a nota estará totalmente limpa, com uma coloração branca ou perolada.
4. Deixe toda a nota de 1 sob um leve jato de água quente para *tirar todo o excesso de resíduos químicos.*
5. *Repita o passo 4* com água fria.
   (Obs.: Se o dinheiro rasgar, a nota não poderá ser salva, e você terá de começar tudo de novo.)

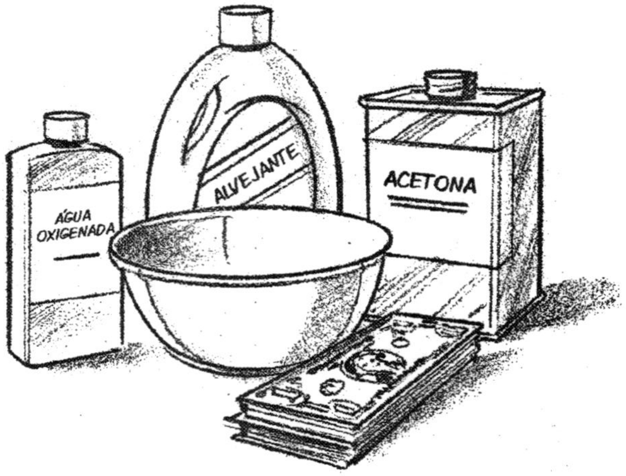

Figura 30. Faça dinheiro novo com esses ingredientes simples que você tem em casa.

6. *Ponha a nota de 1 no envelope* e ponha o livro pesado em cima para alisá-la.
7. Espere 90 minutos para ela endurecer e voltar a ter a forma original.
   (Obs.: Examine sua nota de 1. A textura deve ser a mesma de antes. A frente deve estar limpa, mas o verso deve continuar normal. Você também pode ver alguns resquícios de tinta, o que é esperado.)
8. Delicadamente, *volte a passar o ferro na nota de 1* para tirar ou apagar os resquícios de tinta.
9. *Repita os passos de 1 a 8* para o verso da nota. Quando terminar, você terá uma nota de 1 totalmente em branco. Quantas notas você quer imprimir? Repita esse processo para todas as outras.

Fase 3: Imprimindo o próprio dinheiro

1. *Escaneie, em alta resolução,* a frente e o verso da nota de 1968 do valor que você escolheu. Notas de 1968, e até de antes disso, continuam em circulação; no entanto, não têm os mesmos dispositivos de segurança utilizados hoje em dia, como marcas d'água e trechos que podem ser examinados por canetas de detecção.
   (Obs.: Você também pode escanear notas mais recentes, mas, como elas têm dispositivos de segurança, você terá de torcer para não pegar nenhum caixa mais zeloso. Embora a maioria das pessoas não examine as notas de perto, é exatamente por isso que você deve verificar primeiro o lugar onde pretende usar a nota, para ter certeza de que não encontrará alguém que lhe causará problemas. Isso também vale se você for usar as notas de 1968.)
2. *Imprima (em cores)* a frente da nota escaneada de 1968 num dos lados de sua nota de um dólar em branco.
3. *Imprima o verso* da nota escaneada de 1968 no outro lado de sua nota de 1 em branco.
4. *Espere 60 minutos* até a tinta secar.
5. *Passe novamente o ferro* na nota. Agora é só gastar!

O método dos "cantos cortados"

Essa é uma das formas mais simples e rápidas de se falsificar dinheiro. E se parece com um papel moeda de verdade porque realmente é. Como a maioria das pessoas não analisa as notas com muita atenção, esse método é geralmente eficiente.

Você vai precisar do seguinte:

Quatro notas de 20
Quatro notas de 1
Cola SuperBonder ou similar

1. *Corte quatro cantos diferentes* das quatro notas de 20. (Apesar de um canto ter sido cortado, a nota ainda será aceita.)
2. *Cole-as* em cima das notas de um dólar.

Cheque em branco

Se você não estiver satisfeito com o valor de um cheque que recebeu, basta mudá-lo. É fácil. Use a mesma solução química da técnica de lavagem.

Você vai precisar do seguinte:

Alvejante
Acetona
Água oxigenada
Uma tigela
Uma bolinha de algodão
Um cheque em seu nome
Uma bancada dura e lisa

1. *Ponha* 500 ml de alvejante na tigela.
2. *Ponha* 500 ml de acetona na tigela.
3. *Ponha* 50 ml de água oxigenada na tigela.
4. *Mergulhe* meia bolinha de algodão na solução química.
5. Com essa metade da bolinha de algodão, *apague com cuidado* a quantia escrita a tinta no cheque. Deixe a data, a assinatura e seu nome intactos.

Preencha com a quantia desejada.

LENDAS MALDITAS

Mary Butterworth

Mary Butterworth era uma falsária na época em que os Estados Unidos ainda eram uma colônia. Ela descobriu uma maneira incrível de conciliar suas obrigações familiares com o desejo de ter uma profissão: pôs os filhos para trabalhar na gráfica de falsificação da família. Enquanto fazia manteiga e enterrava vítimas da febre amarela, Mary Butterworth tinha uma operação de falsificação tão produtiva que chegou a prejudicar a economia da colônia. Seus métodos incluíam tirar a tinta das notas com algodão umedecido, gravar o padrão de impressão nas novas notas com uma prensa de ferro quente e usar um tinteiro para inserir a tinta com a mão. As autoridades acabaram fechando o cerco sobre ela depois que o marido fez algumas compras extravagantes. Muitos membros da família, inclusive o irmão, foram pressionados a testemunhar contra ela no julgamento. Apesar de todos esses testemunhos, o caso acabou sendo arquivado; depois disso, ou ela parou de falsificar dinheiro ou então passou a controlar melhor as despesas do marido, porque ela nunca mais foi pega.

29. Como ter a própria plantação de maconha

Fumar maconha da própria horta significa que você não precisa mais sustentar os atos ilícitos dos traficantes de maconha e pode usar seu dinheiro para sustentar os de cocaína. Os traficantes sempre precisam comprar armas, e ainda há todas as despesas de contratação de assassinos e suborno de autoridades do governo. Tudo isso custa dinheiro.

E se você for o líder de uma seita onde as pessoas acham que você é o Messias, o sexo é muito bom e a única maneira de manter esse padrão de vida é tendo uma plantação de *cannabis* que o governo não saiba que existe?

Você também pode ser um universitário todo fodido e, com os preços absurdos da maconha no mercado, não ter um tostão nem para comprar os livros de que precisa. Seria um vexame trancar matrícula quando você pode ter a própria plantação.

1. *Extraia as sementes* de um broto de maconha ou use um pedaço de uma planta fêmea — não use de uma planta macho. (Se você usar uma muda, a colheita vai demorar cerca de uma semana a mais do que se usar sementes.)

2. Para ter certeza de que as sementes se tornarão plantas, talvez você tenha de *germiná-las* colocando-as numa toalha de papel úmida até começarem a brotar (esse procedimento pode durar um dia ou uma semana).
3. *Encontre um lugar dentro de casa* que seja discreto e bem-iluminado. Talvez você deva colocar papel laminado ou um plástico branco nas paredes, ou pintá-las de um branco fosco para ajudar a rebater a luz do sol nas plantas. Um quarto com janela terá luz suficiente, mas, se não houver qualquer quarto discreto e com janela, então um closet, uma despensa ou um porão seco são opções a se tentar. Você precisará de muitas lâmpadas para compensar a falta de luz do sol. Posicione uma ou duas lâmpadas (de preferência fluorescentes) entre 5 cm e 8 cm de cada jardineira. Deixe um ventilador ligado o tempo todo.
4. *Pegue um vaso relativamente pequeno* (de 10 a 15 cm de diâmetro) e encha-o de terra. Molhe e amacie a terra. Certifique-se de que a água está bem-distribuída. Se ela não estiver penetrando adequadamente, vá até uma loja de jardinagem e peça terra de pouca acidez e que tenha uma boa drenagem.
5. *Espalhe algumas sementes* no recipiente e jogue um pouco de terra em cima delas. Regue de duas a três vezes por dia.
6. Mantenha as lâmpadas a cerca de 5 cm dos pés de maconha e vá reposicionando as lâmpadas à medida que as plantas crescerem. Lembre-se de *dar às plantas um período de 12 horas de escuridão por dia.* Quando as luzes estiverem apagadas, o quarto deve estar na mais absoluta escuridão.

7. Comece a *fertilizar as plantas* gradativamente enquanto elas derem frutos. Você não deve regá-las logo antes da colheita, porque isso aumentará a folhagem e produzirá uma quantidade insuficiente de resina. Nas duas semanas antes da colheita, limite o consumo de água das plantas.
8. Sempre *confira o nível de acidez da terra.* Para evitar um acúmulo excessivo de sal ou de acidez no solo, você pode alimentar as folhas da maconha fertilizando-as com uma solução diluída, usando um spray. O pH do solo deve ficar sempre entre 5 e 6.
9. *Mantenha o quarto ventilado.* Um ventilador pode ser o bastante num ambiente pequeno, mas num quarto mais amplo você pode precisar de um sistema de exaustão mais sofisticado.
10. *As plantas vão demorar de 8 a 12 semanas para dar frutos.* Você pode dizer que a planta está pronta para a colheita quando a maioria dos pistilos, ou cabelinhos que brotam dos botões, estiver desabrochando e ficando marrom. Você também pode conferir as glândulas de THC com uma lente de aumento. Quando elas estiverem bem brancas, é sinal de que estão maduras e de que os botões atingiram o ápice de seu desenvolvimento.
11. Depois de ter podado os troncos da *cannabis, você precisa secar as folhas*. O espaço para secagem deve ser ventilado, escuro e estar na temperatura ambiente.
12. *Veja se as plantas estão mofadas* — se estiverem, separe as partes mofadas para elas não contaminarem as outras.

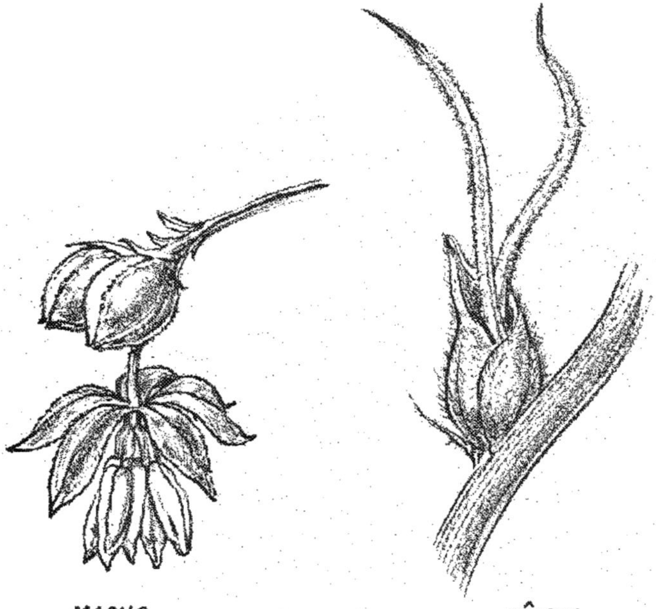

Figura 31. Para dar início à sua horta, comece pelas sementes ou cortando um pedacinho de uma planta fêmea.

13. Para *secar a cannabis,* deixe-a pendurada numa corda para a água escorrer do caule e das folhas. A cannabis seca é resistente e não quebradiça. Depois que ela estiver seca, armazene-a num recipiente escuro e a vácuo.
14. As plantas crescerão rapidamente, por isso esteja pronto para transplantá-las para vasos maiores. Depois de algumas semanas, elas devem ser transferidas para vasos de 12 litros. Para *transplantar uma muda de maconha,* basta virar o vasilhame atual de cabeça para baixo, dar um tapi-

nha no fundo para soltar a terra, retirar a raiz e colocá-la delicadamente num buraco do tamanho adequado, cavado na terra do novo vaso.

Mantendo a plantação

Corte pedaços das plantas e transplante-os em novos vasilhames para gerar novas plantas. Corte caules suficientemente rígidos, num ângulo de 45 graus. Se você perceber *cannabis* machos querendo se infiltrar em sua horta, livre-se deles. Você não quer que eles germinem as fêmeas.

30. Como assaltar um banco

Baby Face Nelson, Bonnie e Clyde, Jessie James, D. B. Cooper. Essas pessoas são muito respeitadas, e você também pode ser uma delas. Mesmo que tenha deixado o caixa de um banco ou alguns clientes traumatizados, o que você fez, na verdade, foi endurecer o espírito deles e lhes dar a chance de superar obstáculos.

Poucas pessoas podem ser bem-sucedidas assaltando um banco e fugindo com o dinheiro, e aquelas que dão certo geralmente usam as mesmas fórmulas das que fracassam. A sorte e o jogo de cintura na hora de improvisar certamente determinarão o resultado de um assalto. Use essa informação para ajudá-lo a se dar bem.

Assalto com um informante

1. *Forme um bando.* Você precisa começar com alguém de confiança que trabalhe no banco e que informe a rotina dos guardas, a ronda da polícia, se os guardas são armados, e que tenha acesso às gavetas ou ao cofre. Entrar num banco e exigir o dinheiro de estranhos é perigoso. Se você tiver uma fonte dentro do estabelecimento, pode fazer

com que ela te leve até o cofre como se você estivesse fazendo uma simples operação de rotina. Quando conseguir o dinheiro, você vai sair como se fosse um cliente comum, sem despertar as suspeitas dos outros funcionários ou dos clientes. Você também precisará de um motorista para te ajudar na fuga.

2. A confiança e a lealdade serão a cola que manterá o bando unido. *Se você desconfiar de alguém de sua equipe ou não se sentir à vontade de partir para a ação junto com os outros, então confie na intuição* e cancele tudo. A menor mancada de alguém de seu bando pode te deixar vulnerável.
3. *Vigie o banco e formule um plano.* Você quer tirar um pouco de dinheiro da gaveta ou uma quantia grande do cofre? Você precisa saber exatamente quanto quer, de onde o dinheiro sairá e como você vai cair fora. Será preciso criar uma história de vida antes de entrar. Quem é você? E por que você quer falar com sua fonte (o funcionário informante do banco), bem na sala dele? Por que ele precisa te levar até o cofre para ver seu dinheiro ou suas posses? Ensaie várias vezes antes do grande dia.
4. *Bole planos de fuga.* Reserve um voo ou planeje sair do país de carro nas horas seguintes ao assalto. Seu informante deve poder encontrar você e o motorista encarregado da fuga depois do expediente, para não deixar os colegas desconfiados. O afastamento desse informante deve ser planejado com antecedência e aprovado pelo chefe dele (ou ser do conhecimento dos colegas). Se ele usar outro carro para sair do país, então será mais

Figura 32. Na hora de atirar, mire abaixo da linha da cintura. Pode fazer toda diferença entre uma acusação de tentativa de homicídio e uma de lesão corporal.

difícil ainda prender o bando inteiro na hora da fuga.

5. *O assalto deve acontecer nas horas de menor movimento do banco.* Seu informante vai dizer quando o movimento é menor, porque ele é quem mais conhece a rotina do banco.

6. No dia do assalto, *evite beber café ou refrigerantes* e mantenha a cara de pau quando entrar. Acredite em sua mentira e não perca o foco do plano.

Assalto com invasão

1. Se você não é capaz de realizar um roubo discreto e com classe tendo a ajuda de um informante influente de dentro do banco, então você precisa estar pronto para se arriscar mais. Você também terá de montar um bando, vigiar o banco, conhecer os guardas e a rotina da polícia, localizar as gavetas e os cofres e *criar uma conexão interna.* Mas a sequência de atos será diferente.
2. *Planeje sua estratégia semanas ou meses* antes do grande dia e cuide para que todos os membros do grupo saibam quais são as próprias responsabilidades. Mapeie sua rota da porta do banco até as gavetas ou o cofre, e de lá até o carro de fuga. Todo o serviço não deve durar mais do que 30 segundos.
3. *Use um carro de fuga* que não tenha ligação óbvia com qualquer pessoa de seu grupo e esconda um segundo carro de fuga e uma muda de roupas numa garagem a alguns quilômetros do banco. Esse será seu destino imediato, desde que você não precise lidar com uma perseguição da polícia.
4. No dia do assalto, *entre no banco com uma máscara e de terno (e uma arma, se precisar)*. O motorista do carro de fuga deve dar voltas no quarteirão enquanto isso, e você deve ter alguma forma de comunicação para informá-lo do momento exato em que ele terá de estar em frente ao banco.

5. *Informe aos funcionários que isso é um assalto* e vá até o cofre e as gavetas *com as próprias sacolas* para encher de dinheiro. Não use uma sacola dada pelo banco porque elas terão algum tipo de rastreador. Ponha todo o dinheiro nas sacolas rapidamente e seja rápido. Se você for ganancioso demais, perderá muito tempo no banco, e isso aumenta o risco de ser preso pela polícia.
6. Se você se encontrar no meio de um tiroteio, *não atire em ninguém acima da linha da cintura*, porque isso acaba se transformando numa denúncia de tentativa de homicídio. Mirando abaixo da cintura, a acusação será apenas de lesão corporal.
7. *O motorista encarregado da fuga precisa ter um timing extraordinário* (ou por uma deixa sua ou por uma sincronização bem-planejada). Dirija até a garagem onde está o segundo carro, livre-se do carro de fuga, mude de roupa e retome sua vida. Mais tarde, você vai querer destruir o carro de fuga original tocando fogo ou jogando-o dentro de um lago. Cuide para não deixar prova alguma que um perito possa descobrir e, assim, associar você ao carro.
8. *Lave o dinheiro.* Se você pretende continuar vivendo normalmente, terá de trocar o dinheiro e lavá-lo para esconder sua trilha. Não saia por aí comprando um monte de coisas nem faça nada de anormal.
9. Se seu plano é sair do país e começar uma vida nova com o dinheiro, então parta imediatamente. *Não perca tempo se despedindo das pessoas queridas,* porque algumas delas farão a ligação entre o assalto e sua partida. Talvez você deva simular a própria morte antes de ir embora.

31. Como ser bígamo

Dizem que ser um homem de família é algo digno. Então, se você tem várias famílias, deve ser digníssimo. Para alguns homens, deve ser meio difícil imaginar por que alguém gostaria de ter o dobro ou o triplo dos problemas e amolações que vêm com uma família. Para lidar com o estresse, caso seja um fundamentalista religioso, com 10 ou 12 mulheres diferentes, você pode espancar uma por dia ao longo de umas duas semanas. Isso manterá suas relações estimulantes. Quanto às crianças, você provavelmente terá de analisar bem quais esposas têm a capacidade de gerar as crianças mais feias e mais chatas, podendo assim limitá-las a ter no máximo um filho.

Mórmons e muçulmanos

A poligamia é praticada por várias culturas, por motivos religiosos. Assim, muitos muçulmanos e mórmons fundamentalistas se casam com mais de uma esposa. Portanto, se você for ligado a uma igreja ou mesquita que realize esse tipo de cerimônia, o processo é simples. Se não, tente achar uma ligação com alguma instituição que proceda a um segundo ou terceiro casamento (o

Figura 33. Ter outra mulher para espancar pode ter um efeito catártico.

islamismo não aprova mais do que quatro mulheres ao mesmo tempo).

Casando em países diferentes

- *Case-se com mulheres diferentes em países diferentes.* Parta numa viagem pelo continente e case-se com uma prostituta em Tijuana, no México, uma garimpeira em Nova Jersey e uma praticante de bobsled em Alberta, no Canadá. Basta ir a capelas e cartórios de casamento que não tenham acesso a registros globais.

32. Como negociar na bolsa com informações confidenciais

Negociar com informação confidencial (ou *insider trading*) significa ter acesso a informações que não estão publicamente disponíveis — como família, amigos e contatos profissionais — para ter lucro no mercado financeiro. É difícil provar que alguém é culpado de insider trading; por isso, a melhor técnica é não fornecer ao investigador qualquer indício de que você tinha conhecimento do fato antes de ter comprado ou vendido.

Não é antiético

Agir com informações obtidas por meio de fontes particulares na verdade significa pôr em prática seu tino para os negócios, e isso não deveria ser punido desde que não se esteja infringindo os direitos dos outros. Se alguém recebeu honestamente uma informação antes de outro participante do mercado, ele só estará sendo prudente ao agir. O participante que saiu perdendo, portanto, não deve ter um direito automático a esse tipo de informação. Digamos que uma *due diligence* muito benfeita faça você descobrir uma informação absolutamente sólida — por exemplo, você ouve dois mandachuvas do mundo corporativo discutindo os números das empresas deles no banheiro, enquanto você está vomitando tequila numa privada. Você não tem a menor obrigação de passar essa informação à concorrência só porque estava posicionado no lugar certo, na hora certa.

Aceite uma pequena perda

Se você ouvir uma notícia que sugira que as ações de uma empresa podem despencar de um dia para o outro, venda *muitas, mas não todas* as suas ações da tal empresa. E venda mais algumas que não tenham qualquer ligação com esse caso.

33. Como assumir a identidade de outra pessoa*

Depois de ter roubado a identidade de uma criança que já morreu há muito tempo, uma coisa engraçada a se fazer é chegar para a família dela e dizer que você foi enterrado vivo e que na verdade nunca morreu, porque conseguiu sair do túmulo. Você passou anos recobrando suas forças física e emocional e, finalmente, deixou a raiva e o medo de lado e está pronto para restabelecer a ligação. Se seus novos pais não acreditarem, mostre sua identidade e conte detalhes de sua morte, que você já pesquisou no obituário. Ou talvez você ache melhor só se aproximar quando eles já estiverem muito velhos e senis, prontos para lhe deixar a herança que lhe cabe por direito.

Existem dois tipos de vítimas de roubo de identidade: as vivas e as mortas.

Assumindo a identidade de um morto

1. Para adotar a identidade de um morto, você precisa primeiro *encontrar o cadáver perfeito*. A identi-

---

* As maldades apresentadas neste capítulo dizem respeito, em parte, às leis vigentes nos Estados Unidos. Mas, certamente, essas mesmas maldades poderão inspirar você a se livrar de outras roubadas. (*N. do E.*)

dade ideal será a de alguém que nasceu no mesmo ano que você e que morreu na infância ou quando bebê. Você pode encontrar alguém que se encaixe nesse perfil vasculhando túmulos de cemitérios ou os obituários nos de jornais.

2. Depois que você descobriu quem deseja encarnar, *peça a certidão de nascimento do defunto* no cartório responsável. Você pode explicar que perdeu a certidão de nascimento, que é um parente que está montando a genealogia da família ou que sua certidão já está muito gasta ou toda rasgada etc.
   - *Crie uma certidão de nascimento falsa.* Pegue sua própria certidão de nascimento, faça uma cópia, tire as informações pessoais da cópia, tire uma outra cópia dessa certidão em branco, preencha-a com a identidade do morto e faça uma cópia final que contenha todos os novos dados. Envelheça artificialmente a nova certidão mergulhando-a em chá ou deixando no sol e dobrando e redobrando até ela parecer bastante usada.
3. *Vá até o Detran* de um estado de leis mais flexíveis e peça uma carteira de motorista.
4. *Abra uma conta bancária pela internet* e tente evitar passar muito tempo na agência. Use os caixas eletrônicos e as opções que o banco disponibiliza pela internet.
5. Responda a algumas ofertas de cartão de crédito e comece a *estabelecer suas linhas de crédito.*

Assumindo a identidade de uma pessoa viva

Aqui nós só explicamos como roubar a identidade de uma pessoa *sem* o uso de scanners ou outros softwares. A maneira mais prática, na verdade, é roubar o cartão de

Figura 34. Surpreenda seus novos "pais" assumindo a identidade do filho deles, que morreu quando era bebê.

crédito de alguém. Ou então você pode vasculhar o lixo de um bairro que não seja o seu, e furtar extratos bancários, faturas de cartão de crédito, canhotos de pagamento e qualquer documento referente a impostos que você possa encontrar. Se você achar inúmeros documentos que forneçam informações pessoais de uma mesma pessoa, então ela é a sua vítima.

1. Se tudo o que você quer é um cartão de crédito para usar livremente sem pagar por isso, então *procure as informações que os sites da internet pedem.* Nome, endereço, número da conta, data de validade e o código de segurança são dados bem comuns. Com acesso a essas informações, você terá uma nova linha de crédito.
2. Use a informação nesses documentos para *descobrir o limite de crédito de uma pessoa.* Se você tiver um histórico de crédito, terá informações pessoais suficientes para se tornar uma espécie de sombra digital dessa pessoa. Se passe por ela usando a informação e as senhas on-line. Você pode mudar as senhas acessando as contas de sua vítima ou usando a ferramenta de pedir nova senha e entrando no e-mail dela para terminar o serviço. Evidentemente, você precisará encontrar essas informações no histórico de crédito ou nos documentos jogados fora para fazer esse trabalho. Não frequente sites, não use o próprio computador (use computadores públicos e não volte à cena do crime) e nunca passe essas informações pessoalmente.
3. *Use a conta que a pessoa já tem* para financiar seus gastos on-line *ou* abra novas contas em nome da pessoa.

Trabalhe como operador de uma instituição financeira. As pessoas precisarão passar informações pessoais para você, e você pode usar essas informações para criar nomes falsos e contas correntes on-line.

34. Como fugir da prisão

Você foi preso injustamente, pelo menos *de acordo com seus padrões morais* de o que é certo e errado, e agora você tem de encontrar uma maneira de fugir da prisão. Tudo bem, talvez você *tenha matado* aquele vizinho, pode admitir isso. Mas ele vivia reclamando dos motores de sua Harley. Sim, é verdade que às vezes você e seus amigos — pessoas perfeitamente decentes e violentas — acionavam o motor à toda e partiam para o clube de striptease — mas você *nunca* voltava para casa depois das 4h da manhã. *Nun-ca!* Além do mais, você *só ia* ao clube de segunda a quinta. Então um dia você está fazendo a sua sesta e é violentamente acordado pelas batidas de um policial em sua porta. Ele te dá uma notificação de perturbação da ordem. Depois que o guarda vai embora, você faz o que é mais natural para você: pula por cima da cerca que o separa do vizinho e o golpeia, com o martelo dele, até morrer. Evidentemente, o que aconteceu ao vizinho foi inteiramente culpa dele — e, no entanto, foi *você* que terminou preso. E se ele não tivesse te acordado, indiretamente, de seu sono profundo, talvez você pudesse pensar com mais clareza e a vida dele tivesse sido poupada. Se sua situação for parecida com essa, então você realmente foi preso injustamente, e essa é toda a justificativa moral de que você precisa para fugir da prisão e descumprir a lei — mesmo que você precise matar um ou dois guardas pelo caminho. Siga estes passos e ganhe sua liberdade de volta.

Com gente de dentro

As fugas de prisão mais eficazes envolvem gente de dentro (guardas ou pessoal administrativo das penitenciárias). Portanto, você tem de fornecer um produto ou serviço para essas figuras influentes logo no começo de sua pena. Depois de estabelecidos uma relação de trabalho e um bom entrosamento com certas pessoas do quadro de funcionários, veja quais são os mais suscetíveis ao suborno.

Depois de encontrar a pessoa certa, comece o jogo da manipulação. Analise a personalidade dela para ver se ela responde melhor a ameaças, promessas de poder ou amizade. Depois que você tiver certeza de que já descobriu os botões que o acionam, comece a moldá-lo.

- *Convença-o a reduzir seu nível de segurança.* Se você conseguir isso, poderá receber mais visitas e será bem menos vigiado.
- Se começar a receber mais visitas e ser menos vigiado, será possível *bolar sua fuga com os visitantes.* Peça para eles traçarem uma rota de fuga dos muros da prisão até um destino bem longe das torres dos guardas.
- *Recrute um cúmplice* de fora para percorrer o trajeto e descobrir onde ficam os pontos traiçoeiros e qual o material necessário para ajudar na fuga.

- *O cúmplice deve fornecer esse material* escondendo-o nos lugares combinados, no dia da fuga.
- *Planeje sua fuga até o muro da prisão.* (Você precisa conhecer todas as armadilhas da propriedade: o ângulo de visão dos guardas, sua estratégia para escalar o muro e determinar exatamente de quanto tempo você precisa.) Não informe a ninguém sobre seus planos e não se comporte de maneira suspeita enquanto estiver traçando sua rota. *Tome notas mentais*, porque qualquer nota escrita será descoberta. Convença seu informante de dentro a lhe designar para cuidar da grama ou qualquer outra função que te coloque numa posição vantajosa (mas não revele seus planos para ele).
- Se tudo correr bem, você terá o caminho livre até o muro da prisão no dia da fuga. *Certifique-se de que ninguém te vigiará de perto* nesse dia e crie uma distração, se possível, logo antes da fuga. Enquanto os guardas estiverem distraídos, saia de cena discretamente e execute seu plano.

Trabalho solitário

Nem sempre é fácil amolecer os guardas, portanto, se você não conseguir criar uma relação lá dentro, então terá de se virar sozinho ou com a ajuda de outro prisioneiro.

- *Você ainda precisará de alguém de fora* para planejar o trajeto da prisão até um lugar mais seguro e distante (e também para fornecer o material necessário para a fuga). Sem essas informações, será difícil escapar.

- *Mapeie os dutos de ventilação*, o sistema de esgoto — qualquer duto ou cano por onde um ser humano possa rastejar. Identifique os pontos de conexão, as aberturas de passagem, o material de que elas são feitas (que tipo de ferramenta é preciso para se entrar dentro delas?) e os lugares lá fora em que elas desembocam.
- *Crie ou consiga ferramentas que permitam que você cave um túnel* que te ligue até o esgoto ou os dutos de ventilação mais próximos. Comece a cavar sorrateiramente e estabeleça um prazo para chegar até a rota de fuga. Você terá de arranjar uma placa, uma parede ou uma moldura de ventilação falsa para cobrir o lugar que estiver cavando.
- Depois que você conseguir cavar sua passagem completamente, ande rápido, siga cuidadosamente seu plano e fique atento.

Outros métodos

- Se você receber muitas visitas, então aproveite as regras mais flexíveis para os visitantes. Faça com que eles cheguem até o banheiro e *escondam uma peça de roupa de cada vez* para você pegar (ou se pode tentar pegar tudo de uma vez só). Depois que você tiver uma muda de roupa completa, vista essas roupas civis e saia da prisão como se fosse um visitante.
- Você pode utilizar a mesma técnica anterior com artigos de lavanderia. *Dê um jeito de trabalhar na lavanderia* e, assim que você tiver acesso aos uniformes dos militares ou a um conjunto de roupas civis, pode sair disfarçado.

Figura 35. Use o fio dental distribuído na prisão e uma paciência incalculável para serrar metodicamente as barras da cela.

- *Esconda-se dentro dos caminhões de lixo ou dos fornecedores de comida* que passam pela prisão.
- *"Jogue seu charme" para um guarda* e se aproveite da vulnerabilidade dele ou dela. Convença-o a te ajudar na fuga ou tire a arma e as roupas

dele, e deixe-o fora de combate enquanto você sai da prisão com o uniforme do dito cujo.

- *Fuja com mais gente.* Se três ou quatro prisioneiros fogem da prisão correndo em direções diferentes, fica mais difícil capturá-los.
- *Seja engenhoso, paciente e persistente.* Utilize o fio dental dado pela prisão para cortar as barras da cela, use programas de liberdade condicional para abrir caminhos entre você e o mundo livre, desenvolva ligações na prisão que acelerem esse processo etc.

LENDAS MALDITAS

Pascal Payet

Pascal Payet era um homem que não tinha qualquer paciência ou discrição para uma fuga clandestina. Depois de ser preso pelo assassinato de um motorista durante o assalto a um carro forte, ele bolou a única maneira prática de se fugir de sua cela na França: sequestrando um helicóptero para pousar no teto da prisão e colocá-lo em liberdade. Sem erro. A técnica deu tão certo que ele voltou a usá-la a fim de ajudar a tirar seus amigos da prisão de Luynes e para sua segunda fuga da prisão, depois de ter sido recapturado pelas autoridades.

Este livro foi composto na tipologia Palatino LT Std,
em corpo 11/14,3, impresso em papel off-white 80g/m^2,
no Sistema Cameron da Divisão Gráfica
da Distribuidora Record.